KB124905

추천평

설정도 재미있었지만 무엇보다 캐릭터 구성이 뛰어난 작품으로,
주인공에게 몰입하고 공감하게 만드는 전개가 좋았다.

_김초엽, 소설가

역사와 SF를, 비과학과 과학을 교차시키는 시도의 작품 중
가장 눈에 띈다. 무엇보다도 주인공 캐릭터가 매력적으로
기억에 오래 남는다.

_이다혜, 〈씨네21〉 기자

문학 기술의 발전 단계상 여태껏 타임슬립이
대체로 현대 안에서 머물러왔지만
드디어 조선시대라는 새로운 개척지를 향한
과감한 도전이 넘쳐나는 시기가 도래했음을 알 수 있다.

_민규동, 영화감독

사이보그의 존재가 조선에 떨어졌을 때
어떤 방식으로 역사에 녹아드는지를 매력적으로 묘사했다.
사이보그가 인간을 이해해 나가는 과정에
로봇3원칙을 적용시킨 점이 특히 재미있었고,
중간 중간 유머를 놓지 않은 점을 높게 평가했다.

_이서영, 소설가

조선사이보그전

조선사이보그전

유진상 장편소설

아작

차
례

3부

프롤로그

아들을 발견한 순간 종부에게 필요한 것은 그저 한 방울의 눈물이었다. 하지만 로봇인 그는 눈물을 흘릴 수 없었다. 종부를 만든 미래의 인간들은 그에게 기쁨과 노여움, 즐거움을 주었지만, 끝끝내 슬픔이라는 감정은 주지 않았다. 눈물이란 종부에게 마지막까지 허락되지 않은 것이었다.

진주성이 왜병의 공격에 함락된 후, 성에 있던 모든 조선인이 학살당했다. 수천의 관군과 성을 지키기 위해 진주로 온 의병들, 2만 명이 넘었던 관민과 피난민들도 성과 운명을 같이했다. 왜병은 자신들의 전공을 본토의 관백(官

伯)에게 보고하기 위해 군졸의 머리를 베어 간다고 했다. 그러나 전공을 탐한 많은 왜병이 군졸뿐만 아니라 민간인들의 머리도 베어 챙겼다. 여성과 아이의 머리는 전공으로 치지 않았기에 왜병들은 여자와 아이는 그냥 죽이고 땅에 묻었다. 종부가 아들의 시신을 찾기 위해 땅을 파헤치자 머리 잘린 사내들의 몸과 살해된 여자와 아이, 노인들의 시체가 쏟아져 나왔다.

시신들은 진주성에서 떨어진 들판에 버려져 있었다. 왜병들은 처음에는 들판에 경계병을 세웠으나 자신들도 거기에 가기 꺼려진 듯 경계는 점차 느슨해졌다. 종부는 밤에도 시야가 훤했기에 어두워지면 왜병의 눈을 피해 들판을 파헤쳤다. 그런 모습이 꼭 귀신처럼 보였기에 왜병들은 나중에는 들판에 오는 걸 두려워하기까지 했다. 진주성에서 전투가 벌어진 후 꽤 시간이 지났다. 시체는 들짐승에게 뜯기고, 검게 썩어서 누가 누구인지 구분하기 쉽지 않았다.

아들 주선의 시신을 발견한 건 운이 좋아서였지만, 며느리 하영이 남긴 부적 덕분이기도 했다. 하영은 전쟁터로 가는 주선에게 자신의 머리카락을 모시 향낭에 넣어 들렸다. 임신한 여인의 머리카락을 지니고 있으면 안전하다는 미신이 온 나라에 퍼져 있었다. 하영은 주선의 아이를 가졌고 남편이 무사히 돌아오기를 바랐다. 그래서 주선에게 빨갛게 물을 넣은 모시 향낭을 가슴 깊숙이 넣고 다니라고 말했다. 아들은 아내의 당부를 가슴 깊이 새겼다.

예상했던 것이지만, 아들의 시체에는 머리가 없었다. 남은 몸도 이미 썩어서 살아 있을 때의 형태는 모두 사라진 채였다. 그러나 뼈는 온전했다. 의원이던 종부는 자주 주선을 진료하고는 했기에 뼈의 형태만으로 그 시신이 주선임을, 자신의 아들임을 확신할 수 있었다.

종부는 아들의 시신을 망태에 넣어 들쳐 메고 야산의 토굴로 향했다. 달이 밝은 밤이었다. 환한 달빛이 들판으로 쏟아져 내렸다. 시체를 파먹으러 들판을 어슬렁거리던 들짐승들이 갑작스레 나타난 종부의 모습에 놀라 달아났다. 까마귀 날아오르는 소리가 들렸다. 멀리서 왜병이 켜놓은 횃불이 어른거렸다. 왜병에게 들킬 수 있었지만, 두렵지 않았다. 종부가 겁이 없는 것은 아니었다. 위험을 피하는 감각이 마비된 것처럼 아무 반응도 없었다. 어쩌면 이 무감각이 종부 나름의 슬픔을 표현하는 방식인지도 몰랐다.

종부와 갑진이 진주로 오는 동안 그곳에 가지 말라고 하는 이들이 많았다. 진주에는 왜병이 많아서 위험하다고 했다. 진안에서 만난 한 의병은 많은 의병이 진주성을 구원하는 걸 포기했다고 했다. 십만이 넘는 왜병이 진주성을 함락시키기 위해서 모였다. 그들은 진주에서의 지난 패배를 설욕하기 위해 많은 준비를 했고 사기도 높았다. 누군가는 주선이 진주에 가지 않았을지도 모른다고 말하기도 했다. 그곳에 가는 걸 목숨을 버리는 것과 다름없는 일로 여겼다. 진주에 가는 걸 포기하는 게 부끄러운 일이 아니라고도 했다.

그런 말을 들을 때마다 종부는 단호하게 고개를 저었다. 종부는 주선에게 어떤 것도 목숨을 희생시킬 만한 가치는 없노라고 가르쳤지만, 아들의 고집을 잘 알고 있었다. 주선이 진주로 가기로 했다면 이미 죽을 결심을 하고 간 것이었다. 때때로 겁에 질렸더라도 그것이 진주로 가는 걸음을 멈출 이유는 되지 않았을 것이다. 종부의 생각이 맞았다.

시신을 들쳐 멘 종부는 머물던 토굴로 향했다. 산 중턱의 흙을 파내고 멍석으로 입구를 가린 굴에서 지낸 지 몇 주가 지났다. 이제 이곳을 떠날 때가 되었다. 종부는 멍석을 걷어내고 어두운 굴로 들어갔다.

주선은 혼자 진주로 향한 것이 아니었다. 고향 은골의 장정 아홉이 의병 활동을 하러 조선 땅을 떠돌다가 진주까지 함께 왔다. 종부는 죽은 이들의 가족들에게서 장정들의 시신을 수습해달라는 부탁을 받았다. 그들의 시신을 주선의 것보다 먼저 발견했다. 시신은 썩고 머리가 없었지만, 주선과 마찬가지로 그들도 어렸을 때부터 종부의 진료를 받고는 했다. 뼈의 모양만으로 종부는 그들이 누구인지 금방 알 수 있었다.

시신을 등에 메고 고향으로 돌아갈 수는 없었기에 종부는 그들의 시신을 화장하고 남은 뼈를 빻아 유골로 만들었다. 종부는 유골을 주머니에 넣은 후 각자의 이름을 주머니에 적었다.

주선의 시신은 오랫동안 발견되지 않았다. 종부는 결코 지칠 줄을 몰랐지만, 그도 끝내 주선의 시신을 발견하지는 못하는 것은 아닐까 생각할 정도였다. 주선은, 고집 많은 아들은 끝까지 자신의 속을 썩였다.

종부는 망태에 담아온 주선의 시신을 바닥에 눕혔다. 그러고는 썩어 문드러져 구더기가 들끓는 주선의 몸을 부드럽게 쓸어내렸다. 이 몸이 주선이었다. 그의 아들, 종부가 생명을 주고, 그보다 많은 것을 돌려준 아들. 그 몸에 머물던 주선의 마음과 인격과 기억은 흔적도 없이 사라졌다. 종부는 주선에게 말했다.

"주선."

종부의 기억 속의 주선이 맑은 목소리로 대답했다.

"네. 아버님."

종부가 열두 살이던 주선을 처음 만나고 12년이 지났다. 아이가 성장해 건장한 장정이 되는 과정이 화첩처럼 펼쳐졌다. 종부는 시신이 된 주선의 마지막 모습을 눈에 담았다. 현실의 주선은 종부에게 대답을 할 수 없었다. 그 침묵 속에서 종부가 한숨 쉬듯 말했다.

"당신은 참으로 배은망덕한 사람입니다."

1
부

1

G9

"순간 감정 판단능력, 감정 표현을 위한 미세 얼굴 근육, 인간과 다름없는 수준의 외모와 기쁨, 분노, 즐거움 같은 감정을 표현하게 해주는 능력, 고도의 양자 두뇌, 섭취한 음식물을 분해해 손상된 신체를 수복하는 자가수복 나노로봇, 주변 환경에 따라 스스로 학습하고 인공지능을 발달시킬 수 있는 발전 모듈, 태양광을 동력으로 전환하는 발전기능….."

쉼 없이 말하던 연두가 목이 마른지 물컵의 물을 들이켰다. 물을 마신 연두가 다시 입을 열었다.

"그를 통해서 네가 얻게 될 건, 고도의 감정 표현능력, 상황을 유추하고 판단하는 능력, 뭐…. 한마디로 그냥 인간 비슷하게 생각하고 행동할 수 있다는 거야."

대학원 실험 로봇인 G9는 새 프로젝트를 위해서 개조되어 방금 연구실로 도착한 참이었다. 조교인 연두가 G9를 다시 작동시키고 업그레이드된 기능이 무엇인지 설명해주었다.

G9가 인간 피부와 유사한 물질로 덮인 손을 들어 자세히 살펴봤다.

"와! 제 손에 털을 심어놓았네요. 이 모공 좀 봐요. 세상에, 구멍마다 털의 모양도 미묘하게 다르군요."

"네가 영양분을 공급하면 털도 자라날 거야. 어떤 건 또 빠지고 다시 자랄걸?"

"절 인간처럼 만든다고 했는데 정말로 그렇게 만들다니 놀랍군요."

G9가 말했다. 인공두뇌의 커뮤니케이션 기능이 그 부분에서 한숨을 쉬라고 알려와 G9는 지시를 따랐다.

"세상에, 날 인간처럼 만들다니…."

"그래도 인간은 아니야."

연두가 단호하게 답했다.

"그걸 누가 모릅니까? 말투는 왜 그럽니까? 누가 이렇게 만들어달라고 했나요?"

G9가 눈을 부릅뜨고 말했다. 그랬다. 이제 G9는 인간에게 눈을 부릅뜰 수도 있었다.

G9의 얼굴을 본 연두의 표정이 미묘해졌다. 연두는 감탄하고 있었다. 연두가 인간치고는 로봇에게 너그러운 편이었지만, 이 반응은 이상했다. 보통 인간은 로봇이 인간을 불퉁하게 대하는 것을 불편해한다. 자신을 버릇없이 대하는 로봇을 눈앞에 두고 저런 표정을 짓는다고?

G9는 연구실의 거울을 통해 자신의 외모를 살펴봤다. 거울 속엔 선이 굵고 피부가 깨끗한 남자가 있었다. 평범한 휴머노이드형 금속 몸체를 가졌던 G9에겐 당황스러울 정도의 변화였다. G9가 거울 속 자신의 얼굴을 들여다보자 인공두뇌 속의 메모리에서 저장 기억 하나가 튀어나왔다. 연두가 홀로그램 디스플레이 속의 아이돌 공연 실황을 보면서 히죽거리던 장면이었다.

"지훈!"

G9가 소리치자 연두가 민망해하며 눈을 피했다. 그 반응에 G9는 이 상황의 원인이 연두임을 확신했다.

"내 얼굴을 록시의 지훈으로 만들었어?"

G9가 소리쳤다.

"아니, 그게….."

이제 연두는 볼을 붉히며 머리를 긁적거렸다. 그 모습을 보며 G9는 무언가가 가슴속에 쿵 떨어지는 것 같았다. G9는 '억장이 무너진다'라는 인간들의 말이 이런 기분임을 학습했다.

"조선 시대로 보낸다며! 내가 갈 곳이 조선 시대라며! 그런데 내 얼굴을 록시 지훈으로 만든 거야? 내 얼굴 내놔! 내 금속 장갑이랑 안구형 외부 감지 카메라 돌려줘!"

G9가 소리쳤다. 제조된 로봇이라지만 수십 년을 지녀 온 외모가 멋대로 바뀌었다는 것에는 화가 났다.

"우와, 진짜 화낸다. 성능 진짜 좋네."

연두의 목소리엔 황당함과 찬탄이 뒤섞여 있었다.

"조선 시대로 간다며! 남자 아이돌 얼굴이 거기에서 무슨 쓸모가 있는데!"

G9가 억울함에 소리쳤다.

"야, 너 진짜 사람처럼 화낸다. 요즘 로봇기술 대단하네. 진짜 사람 같아."

G9의 인공두뇌가 흥분을 가라앉히자, 연두는 왜 자신이 G9의 외모를 록시 지훈의 얼굴로 설정했는지 설명해주었다. 한마디로 잘생긴 외모가 과거 시대에서의 생존율을 높여준다는 것이었다. 그 말을 들은 G9는 어이가 없었다. 머리를 민트색으로 염색한 희멀건 남자 아이돌이 조선 시대에서도 먹히는 얼굴이라고?

"그럼, 당연하지. 너 예전에 지훈이가 사극에 출연한 거 못 봤어? 한복을 입었는데 아주…. 내가 한복 입은 남자가 섹시한 걸 그때 처음 알았다니까."

"연구원 개인의 사사로운 감정으로 연구의 중요한 요소

가 결정된 게 알려지면 징계를 받을 수도 있습니다. 아냐, 내가 받게 할 거야."

G9가 싸늘하게 말했다.

"이거 교수님한테 허락 다 받은 거야. 시간위원회에서도 그 정도 실험은 문제가 없다고 말했고. 오히려 시간 탐사 로봇의 귀환율을 높여주지 않을까 기대하던데?"

"진짜 인간들이란…. 인간들이란."

G9가 탄식했다.

∗

타임머신이 개발되고 시간여행을 통한 역사 연구가 시작되었다. 타임패러독스와 시간여행 시 양자 단위로 쪼개지고 재조립되는 과정의 위험성 때문에 인간은 시간여행을 하기에 부적절했다. 대신에 인간은 로봇을 과거로 보냈다. 여태까지 과거로 보내진 시간 탐사 로봇은 1,400여 기에 달했고, 이제 G9도 그중 하나가 될 것이었다.

G9가 연두에게 질문을 했다.

"그런데 과거에서 미래로 귀환할 수는 있습니까?"

"귀환 못 해."

연두가 천연덕스럽게 답했다.

"못 한다고요? 오, 세상에! 인간들이 나를 없애려고 한다!"

"정확히는 다시 타임머신을 타고 귀환하는 게 불가능해. 타임머신을 만들려면 대규모 산업시설과 많은 에너지가 필요한데, 과거로 넘어간 로봇이 그걸 어떻게 만들겠어? 그냥 어디에 숨어버려야지."

"숨는다고요?"

"그래, 어디 깊은 동굴이나, 사막, 늪 같은 곳에 가서 눕는 거야. 호수 바닥도 좋고. 그런 곳은 비교적 로봇을 보존하기에도 좋고 인간의 손길이 닿지 않으니까 괜히 로봇이 발견되어서 타임패러독스가 생길 일도 없지."

"세상에 그렇게 주먹구구식일 수가."

"사람이 하는 일이 다 그렇지, 뭐."

"태연하게 말하지 마시죠. 세상에, 나를 진창 속에 처박겠다니."

"그냥 보내겠다는 건 아니야. 지금까지 연구된 조선 중기에 대한 거의 모든 지식을 너한테 넣어줄 거야. 너도 알다시피 빅데이터는 로봇의 무기니까. 하지만 조선 중기 이후의 지식은 일부러라도 지울 거야."

"역사가 바뀌면 안 되니까요?"

"역시 똑똑해. 안심해도 되겠어."

연두가 흐뭇한 미소를 지으며 말했다.

"뭐가 안심해도 된다는 거야!"

G9가 소리쳤다.

과거로 파견된 로봇 중에서 '화석'의 형태로 귀환한 로봇은 지금까지 14기였다. 시간 탐사 로봇들이 주로 파견되는 시대가 청동기 미케네 문명이 멸망한 시기나 마야 문명의 멸망기처럼 문자 기록이 부실해 당시에 무슨 일이 일어난 건지 알 수 없는 '암흑시대'였던 것이 가장 큰 이유였다. 한 문명이 멸망해가는 흉흉한 시기에 낯선 이방인은 가장 먼저 치명적인 폭력에 노출되었다.

G9는 그 사실들을 기록한 자료를 읽으며 그 숫자를 되뇌었다. 1,400 중에 14, 확률로 따지면 1퍼센트였다. 그 확률을 조금이라도 늘릴 수 있다면 자신의 얼굴을 록시 지훈으로 만든 것쯤은 용서할 수도 있을 것 같았다.

대학원에 소속된 G9가 여태까지 연구하던 분야는 중세 한국어에서 현대 한국어까지의 변화 양상이었다. 조선 시대에는 문자 기록이 풍부해 문자언어의 변화 양상을 파악하는 것은 가능했지만 당시 사람들이 어떻게 말했는지는 알 방법이 없었다. 타임머신이 개발되고 로봇을 이용한 역사연구가 시작되자 그 연구에도 새로운 가능성이 펼쳐졌다. 조선 중기 현지인의 살아 있는 목소리를 들을 기회가 생긴 것이었다. 연두는 가능하다면 자신이 가고 싶을 지경이라고 말해서 G9를 어처구니없게 만들었다.

"그러면 직접 가면 되지 않습니까."

G9가 말했다.

"미안하지만 인간은 시간여행을 하면 양자 단위로 쪼개져서 죽게 되거든요? 나도 조선 시대에 가고 싶었는데. 깔깔."

연두가 이죽거렸다.

"말이라도 안 하면 밉지나 않지."

"너무 그렇게 심술부리진 마. 우리도 어쩔 수 없었어. 이 기회를 놓치면 시간위원회에서 언제 허가가 날지 모른단 말이야. 너도 우리 연구가 이대로 가면 답 없다는 건 알고 있잖아."

연두가 G9를 달랬다.

"이럴 때만 우리 연구입니까? 저 말고 정보 수집 로봇을 보내면 되지 않습니까?"

"그 로봇이 중세 한국어를 연구하지는 않잖아. 우리는 중세 한국어를 연구할 로봇이 필요한 거라고."

"가고 싶지 않아! 정지되고 싶지 않아! 부서지고 싶지 않아!"

G9가 소리쳤다.

"아, 얘 또 이러네. 이래서 오래된 로봇은 안 된다니까."

연두가 혀를 찼다.

외모가 인간을 닮게 변한 것처럼, 인공두뇌에 새로운 기능이 더해진 G9의 정서 반응도 섬세해졌다. 불치병 선고를 받고 죽음의 5단계(부정-분노-협상-우울-수용)를 겪는 환자처럼 G9는 날뛰다가 이내 조용해지는 정서 반응을 보였다.

차분해진 G9는 임무에 관한 질문을 했다.

"연두. 궁금한 게 있습니다."

"응? 뭔데?"

"제가 조선 사람들에게 의심받으면 어떻게 하죠?"

"신분증인 호패를 준비해줄 거야. 네 인적사항 같은 것들은 상황에 따라서 대처할 방법을 데이터베이스에 입력해놨으니까 상황에 맞춰서 판단하면 될 거야."

"제 의도치 않은 행동이 역사를 바꾸게 되면 어떻게 되나요?"

"시간위원회는 역사를 넓은 강이라고 설명해. 네가 의도적으로 어떤 사람을 죽인다고 해도 역사는 그 사건마저도 포함된 '결과'로서 우리가 아는 내용이 될 거야. 너 정도의 로봇을 과거로 보내도 역사는 변화하지 않는다는 걸 우리는 이미 확인했어."

"마지막으로 물어보겠습니다."

"또 뭔데?"

"제 조사 대상이 조선 시대 사람 그 자체이기 때문에 제가 인간의 외모를 하고 인간과 유사한 정서 반응을 표현해야 하는 건 이해했습니다. 그런데 왜 슬픔에 관한 정서 반응은 없는 거죠?"

연두는 G9의 물음에 어처구니없다는 듯이 웃었다. 그리고 이내 G9를 쏘아보며 말했다.

"로봇이 질질 짜서 뭐하게?"

＊

마침내 G9가 조선 시대로 떠나는 날이 되었다. G9는 연구실에서 준비한 조선 시대 중기의 의복을 입었다. 한복을 입은 G9를 보고 연두가 콧김을 내뿜으며 흥분했다. 그 모습을 보고 G9는 한숨을 내쉬었다.

타임머신에 오른 G9는 장치가 작동하기를 가만히 기다렸다. 장치 내부의 신호등이 깜빡이는 것을 지켜보고 있었는데 그 불빛이 일렁이다가 이내 사라져버렸다. 그 불빛이 사라졌다는 것을 느끼는 순간 G9는 자신이 산속에 서 있다는 것을 깨달았다.

산의 풍경은 조선 시대나 5세기 뒤의 미래나 비슷했다. 그러나 한 가지가 달랐다. G9는 하늘을 올려다보았다. 자신이 제조된 이래로 이보다 푸른 하늘은 본 적이 없었다. 티 없이 맑고, 옥처럼 푸른 조선의 하늘이었다.

2

종부

주선의 시신을 동이 터 오를 때까지 태웠다. 검은 연기가 여명 속으로 떠오르다 흩어져 흔적 없이 사라졌다. 검게 썩어버린 주선의 몸은 이제 회색빛의 뼛조각으로 변했다. 기다란 나뭇가지로 재 속에서 뼈를 골라낸 종부는 유골을 주머니에 넣었다. 준비한 나무상자에 마을의 장정들과 주선의 유골을 담았다. 상자를 천으로 감싸고 등에 멨다.

사위가 밝아지고 있었다. 주선의 시신을 태운 곳은 오목하게 파인 분지였다. 근처에 오지 않는 한 불빛은 잘 보이지 않았다. 그러나 동이 터 오른다면 멀리서 연기가 보일 게 틀림없었다. 이 근방에는 왜병이 돌아다니고 있었다.

종부는 등짐을 바로 메고 산길을 걷기 시작했다. 진주

까지 종부와 같이 온 둘째 아들 갑진이 기다리는 곳으로
가야 했다. 갑진은 아버지를 어떻게 혼자 전쟁터로 보내
느냐며 끝끝내 자신을 따라왔다. 그렇게 고집을 부렸지만
전쟁터를 가로지르는 두 달 동안 몸이 쇠약해진 갑진은
깊은 산 속에 있는 화전민 마을에서 몸을 추스르고 있었
다. 약해진 몸을 끌고 종부와 함께 토굴에 머물겠다고 하
는 걸 종부가 만류해 마을에 머물게 했다. 주선을 잃은 지
얼마 안 된 종부는 갑진까지 잃고 싶지 않았다. 종부에게
도 가진 것을 잃고 싶지 않은 마음이 있었다.

　종부가 걸음을 내디디며 땅 위로 두껍게 쌓인 나뭇잎을
밟았다. 이슬에 적셔진 나뭇잎이 부드러웠다. 해가 완전히
떠올라 사방이 환해졌다. 잠에서 깬 새들이 울기 시작했
다. 전쟁터가 된 산 아래에선 시신을 탐하는 새가 아니라
면 새를 보기가 힘들었다. 새들도 난리를 피해 깊은 산 속
으로 피난 온 것 같았다. 종부는 산길을 홀로 걷기 시작했
다. 갈 길이 멀었다.

＊

　전쟁이 시작되기 전에도 산으로 도망친 사람들이 있었
다. 공납과 부역을 피해서, 군역을 대신할 면포를 구하지
못한 사람들이 산으로 가서 화전을 이루고 풀뿌리를 캐

먹었다. 사람들은 그런 화전민을 보고 짐승처럼 산다고 안타까워하면서도 비웃었다. 임진년에 왜병이 쳐들어오면서 산 아래에 살던 사람들마저 산으로 도망쳤다. 그렇게 많은 사람이 화전민들과 다름없는 생활을 하게 되었다.

종부가 머물던 토굴에서 가장 가까운 화전민 마을은 능선을 따라서 반나절을 걸으면 나왔다. 종부는 그 마을에서 아프고 다친 이들을 치료해주는 대가로 갑진이 먹을 곡식이나 나물, 사냥한 동물 같은 것을 얻었다. 마을 사람들이 궁핍한 상황에서도 쇠약해진 갑진을 돌봐주기로 한 것 역시 종부에게 보은하기 위해서였다.

이 산에는 호랑이나 늑대 같은 짐승이 없었기에 진주성이 함락되기 전에는 많은 이들이 피난을 왔다고 했다. 그러나 몇 개월 전에 진주성이 함락되면서 그 피난민들도 전라도로 도망쳤다. 원래 마을에 살던 이들 중에도 떠날 여유가 있는 사람들은 떠났고, 남은 이들은 노인이나 다른 지방에 의지할 만한 친척이 없는 사람들뿐이었다.

마을에 가까워졌을 때 종부는 검은 연기가 나무 사이로 솟아오르는 모습을 보았다. 전쟁터를 가로지른 경험이 있는 종부는 그 의미가 무엇인지 알고 있었다. 마을이 누군가에게 습격 받았다는 뜻이었다. 서둘러 마을 쪽으로 달려갔다. 마음속에서 날카로운 비명이 울려 퍼졌다. 종부에게는 사람이 위험에 처해 있을 때 그들을 꼭 구해야 하는 천성이 있었다. 게다가 마을에는 둘째 아들 갑진이 있었다. 종부의 발걸음이 빨라지더니 이내 날랜 범처럼 산길을 달렸다.

빈궁하지만 소박했던 마을은 잿더미로 변해 있었다. 타고 남은 흔적을 통해서 종부는 습격이 일어난 지 하루 이틀 정도 지났을 것으로 판단했다. 살해당한 자들의 시신이 곳곳에 널려 있었는데, 종부에게도 낯익은 얼굴들이었다. 종부는 시신의 얼굴을 살피며 혹시나 그중에 갑진이 있을까 찾았다. 아들의 얼굴은 보이지 않았다. 종부는 자신이 치료한 이들이 무참히 살해당한 것에 경악하면서도 그중에 갑진이 보이지 않는 것에 안도했다.

마을 주변을 조사한 종부는 시신의 수가 꽤 부족하다는 사실을 깨달았다. 이 마을에 있는 사람들을 한 번씩 치료해준 종부였다. 마을 사람들의 신체적 특징까지 모두 기억하는 종부의 기억력이 틀릴 리 없었다. 왜병들은 마을 사람들을 모두 죽이지는 않았다.

"의원님! 의원님!"

누군가가 부르는 소리에 종부는 그쪽으로 고개를 틀었다. 온몸이 진흙투성이인 사내가 마찬가지로 진흙투성이인 여자아이의 손을 잡고 비탈을 내려오고 있었다. 마을의 주민이었다.

종부는 그들에게 다가갔다. 사내는 종부를 본 것에 안

심이 되는지 눈물을 흘렸다. 흘러내린 눈물이 얼굴에 말
라붙은 진흙을 닦아 내리며 땅으로 떨어졌다. 종부는 사
내가 울음을 그칠 때까지 기다려주었다.

"다행이군요. 살아 있어서."

"아이가 어제 아침부터 계속 울기에 혼자 놔둘 수가 없
어서 같이 나무를 구하러 갔습니다. 마을이 습격당했을
때는 마을에서 조금 떨어진 비탈에 있었는데 바로 땅을
파고 그 안에서 낙엽과 진흙을 덮고 버텼습니다. 하루가
지나고 좀 괜찮아질까 싶어서 마을로 돌아왔는데 이렇게
의원님이 계셨습니다."

"제 아들 갑진은 어떻게 되었습니까?"

종부는 가장 먼저 묻고 싶었던 걸 물었다. 사내는 얼굴
을 찌푸리며 기억을 떠올렸다. 그는 마을 가까이에 있었
지만, 그 모습을 보지는 못했다고 말했다.

"왜병들의 고함이 들리고 사람들이 비명을 질렀습니다.
저는 그 소리를 안 들으려 귀를 막았는데 어찌 된 영문인
지 이내 사방이 조용해졌습니다. 잠시 후에 사람들이 무
리 지어 걸어가는 소리가 들렸습니다."

약탈을 위해서라면 왜병들이 마을 사람들을 살려둘 이
유가 없었다. 왜병들은 이유야 어찌 되었든 간에 사람이
필요한 것이었다. 노동력. 종부의 머릿속에 떠오른 단어였
다. 그렇다면 쇠약해져 있기는 하지만 건장한 청년인 갑

진을 죽일 이유는 없었다.

사내는 마을을 돌아다니며 계속해서 눈물을 흘렸다. 자신이 살던 공간과 이웃이 삽시간에 사라졌다. 인간이라면 당연히 절망하고 슬퍼해야 마땅할 일이었다. 오히려 침착한 것은 사내의 딸이었다. 아침부터 울고불고했다는 아이는 무심한 눈으로 주변을 살폈다. 아이는 어미를 역병으로 잃은 이후로 말을 잃었다고 했다. 아이는 때때로 남들 보기에 이상한 행동을 했는데 사람들은 아이에게 신기(神氣)가 있다고 수군거렸다. 종부는 아이가 그저 마음을 다친 것으로 여겼다. 아비가 아이를 끔찍하게 아끼므로 아이는 괜찮을 거라고 종부는 생각했었다.

사내에게 떠난다는 말을 하려던 종부에게 여자아이가 다가와 무언가를 내밀었다. 아이의 손에는 호박(琥珀) 구슬이 들려 있었다. 종부는 그것이 무엇인지 알고 있었다. 갑진이 가지고 있던 구슬갓끈이었다. 진주로 오던 중에 한 양반가의 선비를 치료해주고 답례로 받은 것이었다.

"이게 어디서 났습니까?"

종부가 아이에게 물었다.

아이는 종부를 안내하려는 듯 앞장서서 걸어갔다. 사내의 말대로 여러 사람이 지나간 발자국이 남아 있었다. 그 발자국 사이에 아이가 가지고 있던 것처럼 노랗게 빛나는 구슬이 떨어져 있었다. 종부는 그것이 갑진이 자신을 위해서 남겨놓은 것이라는 깨달았다. 종부가 뒤에 올 것을 알고 표식을 남긴 것이었다.

"의원님. 저와 이 어린 것 하나만 산속에 남는다고 생각하니 너무나 두렵습니다."

겁을 먹은 사내는 계속해서 두렵다고 말했다. 서둘러 갑진을 따라가야 하는 상황에서도 종부는 천성 탓에 사내를 뿌리치지 못했다. 종부는 멀뚱히 자신을 쳐다보는 여자아이의 머리를 쓰다듬어주며 말했다.

"이 아이가 당신을 살렸습니다. 이제 당신 차례입니다. 아이를 위해서라도 용기를 내십시오."

종부의 말에 사내는 자신의 아이를 쳐다봤다. 저들은 괜찮을 것이라고 종부는 생각했다. 조선에 온 지 십 년이 넘은 지금 종부는 아이가 부모에게 얼마나 많은 위안을 주는지 알고 있었다. 그리고 아이를 잃었을 때의 절망도 잘 알고 있었다.

종부는 부녀를 위해서 가진 먹을 것을 전부 내주고 어느 길로 가면 안전할지도 가르쳐주었다. 그들을 뒤로하고 종부는 왜병들이 남긴 흔적을 쫓았다. 왜병들은 자신들이 남긴 흔적을 굳이 지우려고 하지도 않았다. 종부는 산길에 무절제하게 남겨진 발자국을 따라갔다. 가끔 갑진이 떨어뜨린 호박 구슬을 발견할 수 있었다. 혹시나 마음이 바뀐 왜병들이 포로들을 죽이지는 않았을까 걱정했지만, 발자국이 도중에 멈춘 흔적은 없었다. 자취는 함락된 진주성 쪽으로 이어졌다. 종부가 며칠 전에 떠났던 곳으로 다시 돌아가는 셈이었다.

길게 이어진 발자국의 끝에 왜병의 진지가 있었다. 종부는 높이 자란 나무에 매달려 왜병의 진지를 살펴봤다. 몇십 리 밖이 훤히 보였다. 진지를 둘러싼 나무 장벽 위에서 왜병들이 바깥을 감시하고 있었다. 장벽 너머에는 왜병들이 머무르는 천막이 있었다. 진지의 가운데에는 나무로 만든 건물이 자리 잡았다. 위치상 왜병들의 대장이 머무는 숙소이거나 사령부 같았다.

진지를 오가는 사람 중에서 왜병과 조선인을 구별하기는 쉬웠다. 왜병은 당당했고, 조선인들은 기가 죽은 채 고개를 숙이고 다녔다. 두 나라의 의복도 사람을 구분하는 기준이 되었다. 조선인은 하얀 옷을, 왜병들은 갑옷이나 얇고 폭이 긴 색색의 옷을 입었다.

왜병들은 진지 안에서 병장기를 손보는 일을 제외하면 할 일이 없어 보였다. 길어진 전쟁 탓에 왜병들은 지루해 보였고, 징집되어 낯선 나라에 끌려온 것에 울분을 품고 있었다. 그리고 그 화는 때때로 타인에게 터져나갔다. 같은 왜병끼리도 싸움이 자주 일어났고, 만만한 조선인에게 가해지는 폭력은 말할 필요도 없었다.

종부는 저 야만적인 장소에 갑진이 있다는 것에 초조함을 느꼈다. 당장 왜병의 진지로 뛰어들어 아들을 구하고 싶었다. 예전이라면, 종부가 삶에 대해서 잘 모르던 시절이라면 그랬을 것이다. 하지만 종부에게는 강력한 제약이 있었다. 그 제약과 다친 인간을 외면하지 못하는 자신의 본능이 일을 그르치게 할 게 틀림없었다.

이제 종부는 자신의 본능과 의무를 일시적으로 회피하는 방법도 알고 있었다. 눈앞에 환자를 마주하면 종부는 환자를 반드시 구호해야 했다. 그러나 그 환자가 멀리 있다면 반드시 구호할 필요는 없었다. 아픈 환자를 외면하는 것은 본능을 거스르는 일이었지만, 지금 종부에게 더 중요한 일은 갑진을 무사히 지키는 것이었다. 지나온 세월과 주선을 잃은 일은 종부의 마음을 그렇게 변화시켰다.

오랜 시간 동안 진지를 살펴보던 종부는 드디어 갑진을 발견했다. 큰 키와 그만큼이나 커다란 몸. 은골의 사람들은 덩치가 커다란 갑진을 보고 곰 같다고 놀렸다. 조선인보다 왜소한 왜인 속에서 갑진의 커다란 몸은 더욱 두드러져 보였다. 그토록 찾던 자식을 발견한 종부의 마음이 안도감으로 물들여졌다. 갑진은 다치지는 않은 것 같았다.

'옷차림이 이상하다.'

갑진은 입과 코를 천 조각으로 가리고 있었다. 종부가

자식들에게 사람들을 치료할 때 착용하라고 가르쳐준 차림이었다. 의원이라고 하더라도 의도치 않게 누군가를 감염시킬 수 있었다. 갑진이 저 차림을 하고 있다는 건 누군가를 치료하고 있다는 걸 의미했다. 전쟁 중에는 아프고 다친 이들이 많고, 기아는 일상적이었기에 병든 이들도 많았다. 어찌 된 영문인지는 모르겠지만, 갑진은 의원으로서 왜병들을 치료하는 것 같았다.

종부는 유골이 든 상자를 땅에 묻어 숨겼다. 그 후 진지를 살피며 갑진에게 접근할 기회를 엿보았다. 갑진은 감시를 받는 것 같기는 했지만 다른 조선인보다는 자유로워 보였다. 왜병들도 사람을 치료할 수 있는 갑진을 거칠게 대하지는 않는 것 같았다. 갑진이 어디에 머무는지도 봐 두었다. 밤을 틈타서 거기까지 갈까 싶었지만, 왜병들의 감시가 삼엄했다. 누군가의 눈에 뜨인다면 늪에 빠진 것처럼 상황에 빨려 들어갈 것이었다. 종부는 가급적 사람의 눈을 피해서 갑진을 데리고 나오고 싶었다.

아주 오래전에 종부는 이렇게 산 위에서 그 아래를 내려다본 적이 있었다. 그때 그는 아래로 내려가는 것을 두려워했었다. 종부는 오래 겁을 먹고 있다가 용기를 내어 걸음을 옮겼었다.

이번에도 종부에게 필요한 것은 용기였다. 하지만 그 성질은 예전과는 달랐다. 그때 그가 발휘한 용기가 자기 자신을 위한 것이었다면, 이번에는 자식을 지키기 위해 발휘하는 것이었다. 종부는 용기라는 이름으로 불리는 두 마음이 어떻게 다른지도 알고 있었다.

종부는 산 아래를 응시했다. 지금은 기다려야 할 때였다. 이제 종부는 그런 것들도 알았다. 세월이 그에게 가르쳐준 것이 너무나도 많았다.

3

G9

조선 시대에 온 지 며칠이 지났지만 G9는 산 아래로 내려가지도 못하고 있었다. 민가에서 너무 먼 곳에 도착한 것도 아니었다. 산의 정상에 오르자 아래 들판에 넓게 펼쳐진 전답이 보였다. 농부들이 분주히 논과 밭을 오갔다. 초가집이 옹기종기 모인 마을도 있었다. 저녁이 되면 마을에서 밥 짓는 연기가 올라왔다. G9의 임무는 중세 한국어 데이터를 수집하고 때가 되면 화석이 되어 미래로 돌아가는 것이었다. 마을로 내려가서 저들 사이에 섞여 지낼 필요가 있었다. 그런데 그러기 위해 무엇을 어떻게 해야 할지 알 수 없었다.

G9는 미소 냉전 시대를 배경으로 하는 첩보 영화에 대해서 생각했다. 한쪽의 스파이가 상대국가로 잠입할 때 스파이는 위장할 신분을 받고 잠입한다. 그러나 그건 그저 영화였다. 미래의 인간들은 G9에게 조선 중기에 관한 막대한 데이터를 넣어주었지만, 그 데이터 중에는 G9가 어떻게 마을로 접근하면 될지에 관한 내용은 없었다. 조선 시대 사람들의 막대한 문자 기록은 이 순간 하나도 도움이 되지 않았다. G9는 어떻게 자연스럽게 사람들과 섞일지 고민했다. 한참 고민한 끝에 G9는 한 가지 결론에 다다랐다.

"아, 뭘 해야 할지 모르겠다."

보통 뭘 해야 할지는 인간들이 잘 정했다.

G9는 5세기 뒤에 태어날 연두가 개미 눈곱만큼 보고 싶어졌다. 그래도 위안이라면 G9에겐 시간이 많다는 것이었다. 깊은 산 속에 고립되었지만, 인간처럼 물과 먹을 것이 필요한 것도 아니었다. G9는 외부에 노출된 피부를 통해 수집된 태양열을 동력으로 전환할 수 있었다. 거기에다 조선 시대에는 그 악랄한 미세먼지도 없었다. 티 없이 맑은 하늘 아래 쏟아지는 햇살은 G9에게 진수성찬이나 다름없었다. 몇 년은, 아니 각 잡으면 5백 년까지도 버틸 수 있었다.

*

다시 며칠이 지났다. 그때까지도 G9는 어떻게 민가에 접근할지 정하지 못하고 산을 헤맸다. 미래의 한반도에서 산은 주말마다 형형색색의 등산복을 입은 등산객들로 가득하지만, 조선 중기에는 호랑이와 스라소니, 여우, 늑대, 곰, 멧돼지들로 우글거렸다. 때때로 그런 동물들과 마주치기도 했는데 대부분 G9의 몸체가 무기물이기 때문인지 별 관심을 보이지 않았다. G9는 거리에서 옛 애인과 마주친 사람처럼 쭈뼛거리며 동물들에게서 멀어졌다.

마음만 먹으면 5백 년을 버틸 수도 있겠다는 처음의 포부와는 다르게 G9는 점차 초조해져 갔다. 임무 수행은 로봇의 존재의의였고, 임무를 수행하지 않는다는 건 자신을 부정한다는 것이었다. G9는 임무를 수행할 방법을 계획하지 않은 미래의 인간들을 계속해서 원망했다.

에라, 모르겠다 하는 심정으로 민가까지 그냥 뛰어 내려갈까 했지만, 곧 육모방망이로 머리가 깨지는 장면이 떠올라 조용히 발걸음을 돌렸다. 위험회피 특성을 너무 높게 설정한 거 아닌가? 사실 내 진짜 임무는 중세시대 한반도 식생 조사인 건 아닐까?

고민하는 와중에 G9는 누군가가 외치는 소리를 들었다. 소리의 파동을 분석해보니 그렇게 먼 곳은 아니었다.

외침의 유형을 분석한 G9는 소리를 지르는 이가 도움을 요청하는 것으로 판단했다. 즉시 G9의 인명 구조 기능이 활성화되었다. G9는 소리가 나는 쪽으로 뛰어갔다.

모든 로봇은 인간을 구조해야 할 의무가 있었고, 그건 시간 탐사 로봇도 마찬가지였다. 또 인명 구조 기능이 활성화되면 원활한 진행을 위해서 평상시보다 성능이 강화되었다. G9는 쓰러진 나무를 박차고 뛰어 비탈을 순식간에 뛰어내렸다. 누군가가 그 모습을 보았다면 사냥감을 쫓는 호랑이나 늑대쯤으로 여겼을 것이다.

"이보시오. 거기에 누구요? 나 좀 도와주소."

소리가 나는 쪽으로 가보니 남자가 쓰러져 있었다. 산이 울리게 소리치던 남자가 갑자기 나타난 G9를 보고 깜짝 놀라서 새된 비명을 질렀다.

"아휴! 귀신이냐! 귀신은 썩 물러나라!"

남자는 G9를 보고 귀신으로 여긴 듯했다. G9 역시 남자와 자신의 복장을 비교해보니 그럴만하다고 생각했다. 연두가 한복이라고 구해온 옷은 인사동에서 외국인 관광객들이나 입고 다닐 만한 공장제 옷이었다. 싼 티 나면서도 장식만은 휘황찬란한 옷을 입은 이가 산속에서 나타났으니 남자가 이상하게 생각한 것도 무리는 아니었다.

쓰러진 남자의 옷은 진흙투성이였고 손으로 다리를 감싸고 있었다. 산을 오르다 넘어져서 비탈을 구른 것 같았다. G9가 아무 말 없이 서 있자 이제 남자는 G9가 귀신이 아니라 살아 있는 사람이라고 생각하는 것 같았다.

"이보시오. 귀신이 아니라 사람이오?"

남자가 물었다.

G9가 고개를 끄덕였다. 그러자 남자는 순간 고통을 잊은 듯 얼굴이 밝아졌다.

"아이고, 이제 살았구나. 나는 아랫마을에 사는 박종수라고 하오."

인명 구조 기능에 따라서 정신없이 뛰어왔지만, 막상 과거인을 만나자 G9는 어떻게 대해야 할지 알 수 없었다. 인공두뇌 속의 위험회피 신호가 경고음을 내뱉었다. 미래에서 대학원 실험 로봇이었던 G9는 대학 밖의 사람들과 커뮤니케이션하는 데 어려움을 느끼고는 했다. 하물며 과거인이라니. 무엇보다도 중세 한국어는 현대 한국어와 차이가 커서 G9의 커뮤니케이션 능력으로는 지금 남자의 말을 온전히 이해할 수조차 없었다. G9는 서울 사람이 심한 제주도 사투리를 쓰는 사람과 대화하는 것처럼 말의 맥락만으로 대화를 이해하고 있었다. 그래서 대화가 통하지 않을 때 할 수 있는 가장 적절한 조치를 취했다.

"……."

"이보시오, 왜 말을 안 하는 것이오? 설마 말을 하지 못하는 거요?"

자신을 박종수라고 소개한 남자에게 G9가 고개를 끄덕였다. 박종수가 아이고 하필이면, 하고 탄식했다. 그러다 이내 고개를 젓고는 아니지. 아니지. 하며 중얼거렸다.

"그러면 산 아래의 마을에 가서 사람을 불러와주지 않겠소? 아이고, 참. 말을 못 하는구나."

그렇게 말하고 박종수는 품속에서 손수건을 하나 꺼냈다.

"이걸 가지고 마을에서 가장 큰 집에 가면 될 거요."

G9는 박종수가 준 손수건을 순순히 받았다. 하지만 마을로 내려가지는 않고 손수건을 물끄러미 내려다 봤다.

"뭐하시오. 안 가고?"

박종수가 재촉했다.

G9는 고개를 저었다. 박종수를 여기에 놔두고 갈 수는 없었다. 곧 있으면 해가 질 것이었고 이 산에는 늑대가 살고 있었다. 또한, G9의 인공두뇌는 어떤 상황에서라도 부상을 입은 인간을 데리고 마을로 가는 게 낫다고 판단하고 있었다.

로봇들은 인명을 구조하기 위한 기초적인 의료지식도 가지고 있었다. 연두는 조선 중기에 대한 지식 외에는 모두 없애겠다고 말했으면서도 정작 이런 지식은 남겨두었다. 이런 지식까지 없애버리면 G9의 핵심적인 기능에도 손상을 가할 위험이 있기 때문인 것 같았다. G9는 박종수에게 다가가서 다친 다리를 살펴보았다. 갑자기 G9가 가까이 다가오자 박종수는 기겁했지만, 이내 G9의 의도를 이해했는지 다리를 살펴보도록 놔뒀다. 박종수의 다리뼈는 부러져서 엇나가 있었다. 부목으로 다리를 고정하지 않는다면 나중에는 뼈가 엇나간 채 아물어 평생 다리를 절게 될 듯했다. G9는 나뭇가지와 입고 있던 옷을 찢어서 부목을 만들었다.

이제 내려가기만 하면 되는데 막상 박종수가 고통 때문인지 도통 일어나지를 못했다. G9는 어떻게 해서든 박종수를 데리고 내려가고 싶었기에 손짓 발짓을 해가며 지금 가야 한다고 설득했다. G9의 권유에 몇 걸음 옮기던 박종수는 몇 걸음 움직이다가도 통증에 멈추기를 반복했다.

'엄살이 왜 이렇게 심해.'

그 모습을 보던 G9가 생각했다.

한참을 주춤거리던 박종수는 산 건너편에서 늑대가 우는 소리를 듣자 정신이 번쩍 들었는지 걷는 속도를 높였다. G9가 박종수를 부축해주었다.

G9와 박종수가 마을로 내려왔을 때는 이미 해가 다 진 뒤였다. 초가집이 옹기종기 모여 있는 마을이었다. 박종수의 집은 마을 뒤편의 기와집으로 본인의 말처럼 마을에서 가장 컸다. 그 집까지 가는 길에 박종수는 계속해서 앓는

소리를 냈다. 그 소리에 마을 사람들이 문을 열고 밖에 무슨 일이 있는지 확인했다. 누군가가 박종수에게 다가와 괜찮으냐고 물어보았다. 박종수는 얼굴을 찡그리면서도 괜찮다고 손짓했지만 입으로는 계속해서 신음을 냈다.

박종수가 대문을 두드리며 사극에서 보던 것처럼 소리쳤다.

"이리 오너라."

대문 너머에서 인기척이 느껴지더니 이내 문이 열렸다. 문을 연 이는 다친 박종수를 보고 깜짝 놀란 듯했다.

"아이고, 나리! 어떻게 되신 겁니까?"

"아이고, 순복아! 내가 그만 굴러서 다리를 다쳐버렸다. 천만다행으로 이이가 나를 구해주었으니 망정이지 죽을 뻔했다. 순복아!"

"하마터면 큰일 날 뻔하셨습니다."

순복이라 불린 종이 박종수를 껴안았다. 그 둘은 이제 서로를 껴안은 채 꺼이꺼이 울기 시작했다. 그 모습에 G9는 어이가 없었다. 죽다 살아났으니 감정이 격해질만도 했지만, 아까부터 다리 아프다고 찡찡거리던 이가 저러니 당황스러웠다. 다리가 그렇게 아픈가? 이게 이렇게 울 일인가?

사내 둘이 껴안고 우는 소리에 집안사람들이 몰려왔다. 박종수의 아내와 아들, 딸, 종들이 몰려왔다. 집이 소란스러워지자 근처에 살던 마을 사람들도 호기심에 몰려오는 것 같았다. 대다수는 서로 껴안고 대성통곡하고 있는 순복과 박종수에 관심이 쏠려 있었지만, 몇몇은 그 옆에서 멀뚱히 서 있는 G9를 쳐다보았다.

"그런데 이분은 누구십니까?"

다른 종이 G9를 기리기며 물었다.

"아이고, 산속에서 이 사람이 갑자기 나타나서 나를 구해주었단다."

박종수가 답했다. 그러자 사람들이 G9를 쳐다보며 웅성거렸다.

이 촌극을 끝낸 건 박종수의 아내였다.

"아니, 다친 사람이 아까부터 계속 서 있고 뭐 하는 거예요. 빨리 들어오시지 않고."

아내의 호통에 박종수는 입을 다물고 안방으로 들어갔다. 박종수의 아내는 홀로 서 있는 G9에게 다가와 고개를 숙이며 인사했다.

"남편을 구해주셨다고요. 감사드립니다."

이미 말을 못 하는 척 하기로 컨셉을 잡은 G9는 입을 굳게 다물고 박종수의 아내와 마주 인사했다.

"혹시 말을 못 하시는 건가요?"

박종수의 아내는 눈치가 빨랐다. G9는 고개를 끄덕였다.

"저런."

박종수의 아내가 탄식했다.

G9는 곧 안채와 떨어진 행랑채로 안내되었다. 손님들이 자주 묵어가는 방인 듯 방은 깨끗하게 정리되어 있었다. 방에 혼자 남게 되자 G9는 한숨을 내쉬었다. G9가 땀을 흘릴 수 있었다면 입은 옷이 식은땀으로 적셔져 있을 것이었다.

이렇게 조선인들 사이로 섞여들어야 하는 임무의 첫 번째 단계가 끝났다. 문제는 그다음이었다. 어떻게 하면 그들과 자연스럽게 어울려 살아갈 수 있을까? 그건 또 새로운 차원의 문제였다. G9는 아무 대책도 세워두지 않고 자신을 과거로 보낸 미래의 인간들이 원망스러웠다.

4

종부

종부가 왜병의 진지를 살펴본 지 며칠 만에 갑진이 망태를 등에 지고 진지 밖으로 나왔다. 차림새를 보니 약초를 구하려는 것 같았다. 몇몇 왜병이 갑진의 뒤를 따랐다. 갑진을 감시하면서 그의 일을 거들려는 모양이었다. 종부는 매달렸던 나무에서 내려와 갑진 쪽으로 달려갔다. 범처럼 달려간 종부는 금방 갑진이 지척에서 보이는 곳까지 갈 수 있었다. 왜병들의 눈을 피해 갑진에게 접근하기 위해서 종부는 거리를 벌린 뒤 뒤를 쫓았다.

이따금 갑진은 허리를 숙여 무언가를 캐냈다. 처음에는 왜병들도 갑진을 도우려 했지만, 초심자가 잡초 사이에서 약초를 구분하는 일은 쉽지 않았다. 자신들이 캐온 풀뿌리가 계속해서 쓸모없는 잡초로 판명되자 왜병들은 금방 흥미를 잃었다. 진지에서 벗어나자 긴장이 풀린 몇몇 왜병은 나무 등치에 기대고선 휴식을 취했다. 지쳐 있는 사람 중에 한둘이 그런 분위기를 조성하면 남은 무리도 동조하기 마련이었다. 병사들이 자리에 주저앉았다. 그래도 몇몇은 갑진의 등을 주시하고 있었다.

병사들이 쉬든 말든 갑진은 계속 약초를 캤다. 한 발씩 앞으로 내딛을수록 갑진과 왜병들의 거리는 조금씩 멀어졌다. 왜병들은 그렇게 멀어져도 금방 쫓아갈 자신이 있는 것인지 자기들끼리 시시덕거릴 뿐이었다. 종부는 최대한 몸을 아래로 낮추고 소리를 죽인 채 갑진에게 다가갔다. 갑진이 향하는 쪽에 무성한 덤불이 있었다. 종부는 눈에 띄지 않게 덤불로 다가간 뒤에 그 안에 몸을 숨겼다. 잠시 후에 갑진이 덤불로 다가오자 종부는 갑진에게 말을 걸었다.

"갑진."

종부의 부름에 갑진은 멈칫하더니 고개를 들었다. 멍한 표정을 보아하니 자기한테 들린 말이 헛것이라고 생각한 것 같았다. 종부는 다시 한 번 갑진을 불렀다.

"갑진, 접니다. 지금 이 덤불 안에 있습니다."

"아버님."

갑진이 나지막이 말했다. 곧 이 상황이 실감이 났는지

울음을 터뜨리려는 것처럼 얼굴이 일그러졌다.

"아니. 아니요. 지금은 울면 안 됩니다."

종부가 갑진을 달랬다.

"알고 있습니다."

갑진은 터지려는 울음을 막으려는 듯이 입술을 꽉 깨물었다. 그리고 뒤의 왜병들에게 얼굴을 들키지 않으려 허리를 더욱 깊이 숙였다.

"구슬을 땅에 떨어뜨려 놓았더군요. 그걸 따라서 여기까지 왔습니다. 왜병의 진지에서 병사들을 치료하고 있었던 건가요?"

"그들과 약속을 했습니다."

"어떤 약속이요?"

"왜병들의 대장을 치료해주겠다는 약속이요."

"살기 위해서 그런 약속을 했군요. 괜찮습니다. 위력에 의해 강제된 약속을 반드시 지킬 필요는 없습니다. 저들이 눈치채기 전에 여기서 빠져나갑시다. 아니 눈치채도 상관없습니다. 제가 모두 때려눕히면 됩니다."

"아버님, 저는 가지 못합니다."

그 말을 하며 갑진은 고개를 푹 숙였다.

"갑진. 다시 말하지만, 위력에 의한 약속은…."

"영주를 치료해주는 조건으로 포로로 잡힌 조선인을 풀어달라 했습니다. 그들은 저와 약속했습니다."

"총칼을 든 자들이 그런 약속을 지킬 리 없습니다."

"그럴지도 모릅니다. 하지만 왜병의 진지에는 조선인도 있습니다. 그들이 매일같이 다치고 병들고 있습니다. 의원으로서 그들의 목숨을 살리고 싶습니다."

"아닙니다, 갑진. 그들의 목숨을 모두 구할 수는 없어요. 인간이 아무리 노력한다고 해서 이룰 수 없는 것이 있기 마련입니다."

"아버님, 도망치면 제 목숨은 부지하겠지만, 왜병들이 포악해져 남아 있는 조선인들을 해칠 게 뻔합니다. 저도 의원으로서 최선을 다하고 싶습니다."

종부는 갑진의 고집을 이해하지 못하다가 불현듯, 갑진이 자신의 행동을 따라하는 중이라는 것을 깨달았다. 평소에 종부는 의원으로서 환자의 생명을 지키기 위해 노력해왔다. 그것은 미래의 인간들이 종부에게 심어준, 인간을 위해 봉사하라는 본능에 따른 것이기도 했다. 종부는 자신도 의식하지 못한 사이에 자식들에게 자신의 본능과 신념을 가르친 것이었다.

"아버님?"

종부가 말이 없자 갑진이 물었다. 한 가지 방법을 떠올린 종부는 숨어 있던 수풀에서 벌떡 일어났다. 종부가 일어서자 갑진이 깜짝 놀라 소리쳤다.

"아버님!"

왜병들이 그 소리를 듣고 고개를 돌렸다. 그들은 갑자기 나타난 종부를 보고 놀라더니 곧 무기를 들고 뛰어오기 시작했다. 종부는 왜병들이 자신에게 무기를 휘둘러주기를 바랐다. 그렇다면 종부는 자신의 본능에 따라서 공격에 반격해 왜병들을 제압할 수 있을 것이었다. 비탈을 서둘러 달려오던 병사들이 이제는 고함까지 질렀다. 종부는 공포에 질려 몸이 굳은 갑진을 자신의 뒤로 보내 보호하려 했다.

　　무기를 들고 뛰어오던 왜병 중 하나가 종부의 얼굴을 보더니 눈을 동그랗게 떴다. 왜병은 제자리에 서더니 갑자기 팔을 크게 휘두르며 소리쳤다. 종부는 왜인의 말도 알고 있었기에 왜병이 무슨 말을 하는지 이해할 수 있었다.

　　"안 돼! 모두 멈춰! 멈춰!"

　　갑작스러운 고함에 왜병들이 놀라 그 자리에 멈췄다.

　　"뭐야! 왜 그러는 거냐?"

　　왜병 중 하나가 물었다.

　　소리를 지른 왜병은 종부의 얼굴을 빤히 쳐다보다가 칼을 땅에 내던졌다. 그러고는 곧 종부의 앞으로 걸어오더니 넙죽 크게 절했다. 상황을 이해하지 못한 사람들이 어찌된 영문인지 몰라 눈을 굴렸다. 왜병이 벌떡 일어났다. 그리고 얼굴에 미소를 짓더니 말했다.

　　"은인을 여기에서 뵙다니요!"

　　종부는 소리치는 왜병의 얼굴을 살폈다. 왜병의 얼굴이

기억났다. 예전에 종부의 환자였던 이였다. 종부는 일이 자신의 바람처럼 흘러가지 않을 거라는 것을 직감했다.

*

종부와 갑진은 진주로 가는 동안 필요한 식량과 물건을 다 아프거나 다친 이들을 치료해주는 대가로 구했다. 하지만 치료를 받는 이들 중 대다수는 자신들이 먹을 것도 부족한 지경이었다. 종부는 그런 이들에게까지 굳이 대가를 요구하지는 않았다. 왜병이 쳐들어오면서 나라가 쑥대밭이 되었다. 전쟁통에 사람들이 굶주리고 위생이 열악해지면서 역병이 창궐했기에 아프고 병든 이들이 어디에나 들풀처럼 널려 있었다.

종부는 갑진과 함께 역병에 시달리는 사람들을 치료했다. 약재와 다른 많은 것들이 부족했지만, 종부는 실력이 좋은 의원이었기에 놔두었다면 죽었을 사람들을 많이 구할 수 있었다. 어느새 종부와 갑진에 대한 소문이 사방으로 퍼졌다. 때로는 부자보다 소문이 앞서 도착하기도 했다. 사람들은 둘을 쉽게 알아봤다. 언젠가 그들을 알아본 이에게 까닭을 물으니 '얼굴이 백옥처럼 하얗고 신선처럼 아름다운 의원'이 아들과 함께 진주로 가고 있다는 소문을 들었다고 했다. 실제로 보니까 그 말을 한 번에 알아들을 수 있더라고 말했다.

치료의 대가를 주지 못하는 이들은 진주까지 가는 빠른 길을 가르쳐주거나 전쟁터의 소문을 전해주기도 했다. 진주에 가까운 산음(山陰) 땅의 산속에서 죽어가던 왜병들을 만난 건 종부의 치료를 받은 심마니가 가르쳐준 산길을 따라가던 때였다.

왜병들은 산의 중턱에 있는 동굴에 버려져 있었다. 날이 어두워져 하루 머물 곳을 찾던 부자의 눈에 한 동굴이 눈에 띄었다. 동굴에 다가가니 사람의 신음이 들렸다. 깜짝 놀라 동굴로 들어간 종부와 갑진의 눈에 바닥에 널브러진 남자들이 보였다. 한눈에 보기에도 병들어 움직이지 못하는 이들이었다. 갑진은 머리 모양을 보고 그들이 왜인임을 알아봤다. 갑진은 왜병들에게 다가가는 종부를 만류했다.

"아버님, 왜병입니다."

종부는 갑진의 말에 뒤돌아 아들을 쳐다봤다.

"그게 뭐 어째서요?"

종부의 말에 갑진은 잠시 얼어붙었다.

"이 사람들이 죄 없는 사람들을 얼마나 많이 죽였는지 여태까지 보셨잖습니까?"

"예, 그랬지요."

종부가 대답했다.

"그런데도 이자들을 치료해야 한다는 말입니까?"

"이자들이 왜병이든, 누구이든, 저는 모든 인간을 구호할 의무가 있습니다."

갑진은 이해할 수 없다는 듯 얼굴을 찌푸리다가 둑이 터진 것처럼 말을 쏟아냈다.

"아버님, 아버님이 치료하는 데에 있어서 사람을 가리지 않는다는 것을 잘 알고 있습니다. 하지만 이 왜인들은 이미 많은 조선인을 죽였을 겁니다. 아버님의 치료로 이들이 살아서 칼을 쥘 힘을 다시 얻는다면 그 칼로 또 조선인을 죽일 겁니다."

"그럴지도 모르죠. 하지만 과거에 이 사람들이 한 일을 우리는 알 수 없고 미래에 행할 것들도 모릅니다. 무엇보다도 저는 다친 인간을 외면할 수 없습니다."

갑진의 얼굴은 붉게 달아올랐다. 이윽고 아들은 참았던 것을 폭발시키듯이 말했다.

"아버님! 형님을 죽인 게 왜병입니다. 진주에서 살던 사람들을 죽인 것도 왜병입니다! 그것을 아시지 않습니까!"

종부는 화를 내는 갑진을 보고 고개를 저었다.

"환자를 눈앞에 둔 이상 저는 외면할 수 없습니다."

갑진은 맥이 빠진 듯 길게 숨을 내쉬었다. 그리고 잠시 말이 없다가 이내 무겁게 입을 열었다.

"알겠습니다. 그러면 아버님의 뜻대로 하시죠."

종부의 고집으로 치료를 하게 되었지만, 무엇 하나 충분치 않은 상황에서 모든 왜인을 구할 수는 없었다. 동굴 안의 왜인 대다수가 죽어 부자의 손에 매장되었고 끝까지 살아남은 건 단 한 사람이었다. 처음부터 혼수상태였던 그는 끈질기게 살아남았다. 왜인은 밤마다 열에 들떠서 뜻 모를 말을 외쳤다. 갑진은 그 말의 의미를 궁금해했다.

"저자가 무슨 말을 하는 걸까요?"

왜인은 "예수님.", "예수님." 하고 외치고 있었다. 종부가 그 말의 뜻을 가르쳐주자 갑진은 아리송한 표정을 지었다.

"그게 무슨 뜻일까요?"

"도움을 요청하는 것입니다."

갑진은 더욱 알 수 없다는 표정을 지었다.

병마에 금방 스러져버릴 것 같았던 왜인은 꿋꿋하게 살아남았다. 많은 환자를 봐온 종부도 그가 살아났다는 것이 놀라웠다. 왜인은 어느 아침에 눈을 떴다. 그러고는 간호하던 종부를 쳐다봤다.

"누구십니까?"

왜인이 물었다.

"지나가다가 이 동굴에서 당신을 발견했습니다."

종부가 왜인의 말로 대답했다.

"갚을 수 없는 은혜를 입었습니다."

자리에서 일어난 왜인이 넙죽 절하며 말했다.

"저는 저의 의무를 다했을 뿐입니다."

왜인은 빠르게 회복했다. 말이 통하는 종부에게 자신이 왜 버려졌는지도 설명했다. 그가 소속된 부대는 경기도에서 남쪽에 있는 왜병의 점령지로 후퇴 중이었는데, 그 와중에 전염병이 돌았다. 먹을 것이 부족해 굶어 죽는 병사들이 나오는 마당에 병자를 치료할 여유가 있을 리가 없었다. 왜인은 자신 또한 그런 병사들을 산에 버린 적에 있다며 버려진 자신의 처사에 그리 분노하지는 않았다. 그저 자신이 살아난 것에 기뻐했고 자신을 치료해준 종부와 갑진에게 감사했다. 갑진은 왜인을 못마땅하게 쳐다봤지만 말이다.

어느 정도 건강을 회복한 왜인은 자신을 버린 부대의 뒤를 쫓아가겠다고 말했다. 그리고 헤어지면서 종부와 갑진에게 말했다.

"언젠가 이 은혜에 보답하겠습니다."

그 왜인의 이름은 사사키에몽이었다.

갑진이 화전민 마을에서 왜병들에게 포로로 붙잡힌 순간, 갑진을 위기에서 구해준 게 사사키에몽이었다. 화전민 마을에서 갑진과 마주한 사사키에몽은 갑진의 얼굴을 기억해냈다. 그는 왜병들에게서 갑진을 보호했고, 자신을 치료해준 이의 아들이 의술을 행할 줄 안다고 떠들었다. 자신들의 영주가 병들자 영주를 치료하기 위해서 의원을 수소문하던 왜병들이 갑진을 영주에게로 이끌었다. 일이 그렇게 벌어진 것이었다.

종부는 갑진과 함께 왜병을 따라서 그들의 진지로 향했다. 종부에겐 그곳으로 향하는 것이 깊은 늪 속으로 차근차근 걸어가는 것처럼 느껴졌다. 왜병의 진지로 들어간다면 종부는 자신의 본능을 거스르지 못하고 벌어지는 상황에 휘둘리게 될 것이었다. 그러나 무슨 일이 있더라도 갑진만은 반드시 지킬 것을 맹세했다.

종부는 자신의 옆에서 걷고 있는 갑진을 바라봤다. 그리고 죽은 주선의 몸을 떠올렸다. 절대 갑진을 그렇게 만들지 않을 것이다. 갑진을 살려서 고향으로 돌려보낼 것이다. 그것이 부모인 자신이 품은 가장 큰 욕심이었다.

이제 종부는 진지의 입구 앞에 서 있었다. 같이 온 왜병들이 소리치자 나무로 만들어진 입구가 열리기 시작했다. 보초를 서던 왜병들이 나갈 때는 보이지 않았던 종부를 보고 의심의 눈초리를 보내왔다. 종부는 그런 경계의 시선에도 몸짓 하나 흐트러트리지 않은 채 한 걸음, 한 걸음 앞으로 발을 내디뎠다. 종부는 점점 본능과 의무가 자신을 속박하는 것을 느꼈다. 그 제약은 자신이 무엇을 해야 할지

를 뚜렷하게 만들어주었다. 종부는 의원이었고 의원이 할
일은 하나밖에 없었다.

　사람을 살리면 되는 것이다.

5

G9

박종수의 집에 머물며 G9는 틈틈이 박종수의 다리를 치료했다. 어느 날, 박종수는 G9를 따로 부르더니 본론으로 들어가지는 않고 한참 동안 다른 이야기를 쏟아냈다. 양반이라면 말이 적고 진중할 줄 알았더니 박종수는 말이 많은 사람이었다. 다시 생각해보면 마땅한 오락거리가 없던 시대에 다른 사람과의 커뮤니케이션은 중요한 오락이었을 것이다. 한참을 떠들던 박종수가 드디어 본론으로 들어갔다.

"자네가 내 다리를 치료하는 걸 보니 어느 정도 의술을 할 줄 아는 것 같은데…."

그러고 나서 박종수는 자신이 그날 왜 산을 헤매고 있

었는지를 설명했다. 자기 어머니가 얼마 전 병으로 쓰러지셨는데, 나이가 칠십이 넘으셨으니 다시 일어날 거로 생각하지는 않았지만, 자식 된 도리로 최선을 다하고 싶었다면서. 박종수는 의학서를 뒤적이다가 어머니가 겪는 증세에 효과가 있다는 약초를 발견했고, 그것을 찾아서 산속에 들어간 것이었다.

"그런데 거기에서 발을 헛디뎌서 죽을 뻔한 걸 자네가 구해준 것이지."

박종수가 다시 입을 열면 대화가 길어질 것이 뻔했기에 G9는 말을 막고 대화의 방향을 다시 본론으로 돌렸다.

"그러니까 당신의 어머니를 치료해달라는 것이군요."

G9의 말에 박종수는 눈을 동그랗게 떴다.

"자네, 말을 할 수 있었나?"

"……."

박종수의 말에 G9는 어떻게 대답할지 고민했다. 조선 시대 사람에게 G9의 인공두뇌가 이 시대의 말투를 해석하는 데 성공했다는 걸 어떻게 이해시키겠는가. G9는 이 상황에서 가장 적절하다고 생각되는 말을 했다.

"사투리가…."

"사투리가 심해서 말을 못 알아들었다고?"

"지금은…."

"지금은 익숙해져서 말을 잘 알아들을 수 있다고?"

말을 찰떡같이 알아듣는 박종수 덕분에 일이 조금은 편해졌다.

곧 G9는 안채에 있는 박종수의 어머니를 진료했다. 박종수와 그의 아내가 걱정스러운 표정을 짓고 그 모습을 지켜봤다.

진료를 마친 G9는 한 가지 결론에 다다랐다.

'할 만하겠는데?'

미래의 인간들은 G9에게 조선 시대 중기에 대한 막대한 데이터를 넣어주었고 그중에는 의학지식도 들어 있었다. 그 데이터 속에서 박종수의 어머니가 앓는 병의 상세한 치료법을 찾을 수 있었다. 한 가지 의학서에서만 기술되어 있었다면 의심했겠지만, 여러 종류의 의학서에서 같은 증세에 대한 치료법을 교차로 증명하고 있었다. 하지만 공인된 의료 로봇이 아니었던 G9로서는 허가 없이 의료행위를 한다는 것에 찜찜함을 느꼈다.

'하지만 중요한 기회인걸?'

박종수의 부탁으로 그의 어머니를 진료하는 동안 G9의 인공두뇌는 조선 시대에서 장기적으로 머무를 수 있는 전략을 하나 수립했다.

바로 의원이 되는 것이었다.

G9의 데이터베이스에는 막대한 의학 지식이 들어 있었

다. 그 지식을 아는 것만으로도 의원 소리를 들을 만했다. 하지만 여전히 미심쩍었던 G9는 이 지식을 실제로 사용할 수 있는 것인지 현직 의원에게 확인해보고 싶었다.

"이 증상에 맞는 치료법이 있기는 합니다만, 그 치료법이 맞는지 의원에게 한번 확인하고 싶습니다."

G9의 말에 박종수의 아내가 눈을 동그랗게 떴다.

"아니, 말을 하실 줄 아셨습니까?"

"사투리가⋯."

"사투리가 심해서 말을 못 알아들었다고요?"

"지금은⋯."

"지금은 익숙해져서 말을 잘 알아들을 수 있다고요?"

아까 박종수와 했던 문답을 다시 하고서야 G9는 다시 본론으로 넘어갈 수 있었다.

"결론은 자네의 치료법이 맞는지 의원에게 한번 확인해보고 싶다는 건가?"

"그렇습니다. 근처에 확인해줄 의원이 있습니까?"

"하나 있기는 하지."

"그러면 그 사람을 소개해주시죠."

박종수와 그의 아내는 서로를 쳐다보다가 고개를 끄덕였다. 무언가 찝찝해하는 기색이어서 G9는 사소한 의문을 느꼈다.

"자네는 이 고을 지리를 모를 테니 순복이와 함께 다녀오게나."

　박종수의 종인 순복은 G9를 고을의 의원에게 안내해주
었다. 그곳으로 가면서 순복은 그 의원에 관해 이야기해
주었다. 윤 노인이라고 불리는 사람은 주변 고을 사람들
을 치료해주는 유일한 의원이었지만, 몇 년 전부터 건강
이 나빠져서 일어나지 못하고 있다고 했다.
　"몇 해 전에 홍수가 나서 외동아들을 잃은 이후로는 반
쯤 정신을 놓으셨습니다. 마음에 병이 났으니 몸인들 성
하겠습니까."
　순복이 탄식했다.
　"안타까운 일이군요. 그러면 그분이 그렇게 되신 이후
로 마을 사람들이 병이 들면 어떻게 했습니까?"
　"뭘 어떻게 하겠습니까. 그나마 저희 마을은 큰 어른께
서 의서를 좀 읽으셔서 약초라도 찾았다지만 다른 마을은
병이 나면 그냥 하늘에 비는 수밖에 없었습니다."
　G9와 순복은 둑길을 걸으며 그런 이야기를 나눴다.
G9는 주위를 둘러보았다. 둘의 왼편에는 하늘에서 쏟아
지는 햇빛을 품어 환하게 빛나는 강이 있었다. 고을의 위
치를 봤을 때 남한강의 지류쯤 되는 강인 것 같았다. 순복
은 강의 이름이 은강이라며, 사계절 동안 단 한 번도 맑은
빛을 잃지 않는다고 해서 붙여진 이름이라고 설명했다.

이 고을의 이름도 강의 이름에서 따와서 은골이라고 불린
다고 했다.

"하지만 홍수가 나면 물이 무섭게 불어나서 사람 잡는
강으로도 유명합니다."

윤 노인의 아들도 저 강에서 불어난 물 때문에 목숨을
잃었다고 했다. 그러나 지금은 그런 사나운 모습은 상상
되지 않을 정도로 강은 고요했고 맑았다. 강에선 사람들
이 그물로 물고기를 잡고 있었다. 그들 중 몇몇이 순복을
알아보고는 손을 흔들며 인사했다. G9를 가리키며 누구냐
고 묻는 사람도 있었다.

"큰 어르신 손님일세!"

순복이 외쳤다.

그들은 G9에게도 인사했다. G9는 그들에게 고개를 숙
여 인사했다.

＊

마을에서 좀 떨어진 윤 노인의 집은 집이 아니라 폐가
에 가까웠다. 황토로 쌓은 벽은 갈라지고 무너져 내리는
중이었다. 장지문의 창호지도 구멍 나고 찢어져 있었다.
G9를 안내해준 순복도 집의 상태를 보고 놀란 듯 입을 쩍
벌렸다.

"세상에 집 꼴이 이게 뭐야. 어르신! 어르신! 계십니까?"

순복이 외쳤으나 집 안에서 인기척은 느껴지지 않았다.

"누구십니까?"

앞을 보고 한 부름에 뒤쪽에서 답이 들려왔다.

순복과 G9가 뒤를 보자 아이 하나가 서 있었다. 아이는 지게에 나뭇가지를 가득 지고 있었다. 순복이 아이를 아는 눈치였다.

"아이고, 난 집에 아무도 없는 줄 알았지 뭐니, 그래. 그래, 네가 주선이로구나."

"윗동네에 사시는 순복이 아저씨 아니요?"

아이가 물었다.

"그래, 오랜만에 보는구나. 잘 지냈느냐?"

집안 상태를 보니 아이는 농담이라도 잘 지냈다고 할 수 없었다. 순복도 이내 그 사실을 알았는지 작게 헛기침을 했다.

"그런데 여기에는 어쩐 일이십니까?"

아이가 물었다.

"그래, 맞다. 아이고, 내 정신이야."

순복은 옆에 서 있던 G9를 가리켰다.

"여기 계신 분이 의원이신데 자기 처방이 맞는지 확인해보고 싶다고 하시더구나. 마침 너희 할아버님이 이 지방에서 가장 명망 있는 의원이시니 한번 식견을 나누고 싶다고 하셔서 말이다. 그래 할아버님은 어디에 가셨느냐?"

의원은 아니었지만, 의도 자체가 틀리지는 않았기에 G9는 입을 닫았다. 주선은 G9를 빤히 쳐다봤다.

"의원보다는 어디 귀한 집 도련님처럼 생겼네요."

"요놈의 자식이 어른한테 무슨 말버릇이냐."

순복이 소매를 걷고 아이를 때리는 시늉을 했다. G9는 잠시 긴장했지만 진짜로 때리려는 건 아니었던지 순복은 팔을 그대로 내렸다.

"할아버지는 안에서 주무시고 계세요. 요즘은 종일 잠만 주무십니다."

주선은 나뭇가지를 실은 지게를 마당에 내려놓은 뒤 성큼성큼 집 쪽으로 걸어갔다. 아이가 신발을 벗고 장지문을 벌컥 열며 방으로 들어갔다. 아이의 말처럼 노인이 방안에 누워 있었다. 비쩍 마른 노인은 언뜻 보면 산송장 같았다. 그 모습에 순복이 흠칫 놀랐다. 아이가 안쪽에서 들어오라고 손짓했다. 둘은 신발을 벗고 방으로 들어갔다. 아이가 노인을 흔들어 깨웠다.

"할아버지, 할아버지. 일어나세요, 손님이 왔어요."

노인을 흔드는 아이의 손길은 우악스러웠다. 순복이 그 모습을 보고 역정을 냈다.

"녀석아, 의원님한테 그게 뭐 하는 거냐!"

순복의 성화에 노인이 신음을 흘렸다. 노인은 흐릿한

눈으로 아이를 바라봤다.

"주선이냐?"

"할아버지, 손님이 왔어요."

아이의 말에 노인은 그제야 G9와 순복의 존재를 눈치챈 듯했다. 주선이 노인의 어깨를 잡아당겨 몸을 일으켜 주었다. 눈도 잘 안 보이는 건지 윤 노인은 눈을 가늘게 뜨고 순복과 G9를 쳐다봤다. 순복을 지나친 노인의 시선은 G9에게서 멈췄다.

"등주냐?"

노인의 말에 순복과 아이가 동시에 놀란 것 같았다.

"아이고, 무슨 소리입니까, 어르신. 멀리서 오신 의원님인데, 뭐 물어보실 게 있어서 제가 모시고 왔습니다."

"아, 그래?"

노인은 다시 눈을 가늘게 뜨고 G9를 쳐다봤다.

"아니었네. 아니었어."

"하하, 맞습니다. 잘못 보신 겁니다."

순복이 맞장구쳤다.

"그럼 젊은이, 뭐 때문에 왔나?"

"네, 어르신. 제가 어떤 분의 병세를 보고 처방을 하려고 했는데 그게 맞는지 여쭈러 왔습니다."

G9는 박종수의 어머니가 겪고 있는 증상을 통해 특정한 질병임을 진단한 과정을 설명했다. 윤 노인은 잘 들리

지 않는지 G9의 말을 여러 번 되물었다. 종부가 천천히 다시 설명해주자 노인은 연신 고개를 끄덕거렸다.

"맞네. 맞아. 정확하다네."

"그리고 그에 맞는 약을 처방했는데 필요한 약재와 탕약 제조 과정은 다음과 같습니다."

이번에 G9는 자신의 처방을 설명했다. 노인은 고개를 끄덕였다.

"다 맞네. 맞아. 그렇게만 하면 된다네."

"확실한 겁니까?"

노인이 아무 반박도 하지 않자 괜히 불안해진 G9가 확인했다.

"믿어도 좋다네. 자네의 처방은 정확허이."

노인은 그에 맞춰서 종부가 구해야 할 약재를 어디에 가면 구할 수 있는지도 알려주었다. 쏟아지는 노인의 충고를 G9는 인공두뇌 깊숙이 새겨 넣었다.

6

G9

윤 노인의 집에서 나와 오던 길을 되돌아가면서 순복은
소매로 연신 눈물을 닦았다. 소문으로 가세가 많이 기울
어진 건 알고 있었는데 그렇게까지 남루하게 살 거라곤
생각지도 못했다고 말했다.

"그분이 이 고을에선 모르는 사람이 없던 분이었습죠.
주변 마을에서 병에 걸렸을 때 그분 치료를 받지 않은 이
가 없었습니다. 다른 의원들은 욕심이 많아서 아픈 사람
들을 앞에 두고 터무니없는 재물을 요구하고 집안의 살림
살이를 탐내고는 하는데 그분은 그런 것 하나 없이 그저
사람을 치료하는 일에 열성을 다하시는 분이었습니다. 그
런데 저분이 저렇게 사시다니."

순복은 그렇게 말하고 길 한가운데 멈춰 서서 꺼이꺼이 울며 대성통곡을 했다. 그의 옷소매는 흘린 눈물을 하도 닦아서 축축해져 있었다.

"그런 분이 어쩌다 저렇게 사시는 겁니까?"

G9가 물었다.

"하나뿐인 아들을 잃어서 그렇지요. 자고로 사람이 겪는 슬픔 중 가장 큰 것이 자식을 잃은 부모의 마음 아니겠습니까. 단장(斷腸)의 고통을 느낀다고들 하지 않습니까. 저렇게 누워만 지내신 지 벌써 몇 해인지 모릅니다. 쌓아 오신 은덕이 있어서 주변 마을 사람들이 먹을 것이나마 가져다주니까 저렇게라도 살아오신 거겠지요. 아이고, 주선이 그 어린 것이 얼마나 마음고생이 심할까."

순복은 박종수의 집으로 돌아가는 내내 울었다.

순복과 함께 박종수의 집으로 돌아온 G9는 곧바로 윤 노인의 충고대로 약을 처방했다. 약을 제조하는 데 필요한 약재는 박종수더러 종을 보내 구해오게 했다. 자신이 맞는다는 윤 노인의 말이 있었지만, 약을 제조하는 내내 G9는 불안에 시달렸다. 이게 잘못되어서 혹시 박종수의 어머니가 돌아가시면 어떻게 되는 거지? G9는 박종수가 종들을 시켜 자신을 멍석말이하는 장면을 상상했다. 미래의 인간들이 G9의 몸체를 제법 튼튼하게 만들었다지만,

타격에는 약했다. 우락부락한 장정들이 나무방망이로 매질을 한다면 버텨낼 재간이 없었다. 자신도 과거로 가서 돌아오지 않는 99퍼센트의 로봇 중 한 대가 되는 것이었다.

그러나 맡은 임무에 최선을 다하는 로봇의 본능 때문에 G9는 불안에 떨면서도 완성된 탕약을 박종수의 어머니에게 먹일 수밖에 없었다. 그날 밤, G9의 위험회피 신호는 최고치로 높아졌다. G9는 자신의 방에서 밖의 기척을 살폈다. 박종수의 어머니가 머무는 안채에는 밤새 불이 켜져 있었다. 박종수는 거기서 어머니의 곁을 밤새도록 지키겠다고 했다.

새벽은 길고 길었다. 미래의 인간들이 G9를 개조하면서 '지루함'까지 심어주었는지, 그 시간들을 G9는 견디기 힘들었다. 동이 터 오를 시간이 다가오자 하늘의 빛깔이 짙은 먹빛에서 청옥색을 섞은 푸른빛으로 물들여져 갔다. 집에서 키우는 닭이 우는 소리가 들렸다. 그 소리에 깨어난 사람들이 점차 분주하게 움직이는 기척이 느껴졌다. 그때 박종수가 외치는 소리가 들렸다.

"아이고, 어머님! 어머님!"

그 소리에 집안사람들이 모두 깨어나 안채로 몰려갔다. G9는 일이 잘못되었다고 확신했다. 박종수의 어머니가 돌아가신 거야! 위험회피 신호가 빨리 짐을 싸 들고 튀라며 소리쳤지만, 한편으로는 몰려오는 죄책감에 몸을 움직일 수 없었다.

'내가… 내가… 사람을 죽게 하다니.'

G9는 임무고 뭐고 다 때려치우고 싶었다.

분주해지는 사람들의 걸음 소리가 G9에게는 사신의 발걸음으로 들렸다. 이게 공포라는 거구나. 이게 죄책감이라는 거구나. G9는 로봇으로서 처음 겪는 감정의 폭풍에 전율하면서도 감탄했다.

마침내 누군가가 G9가 머무는 방 앞에 섰다.

"나리. 기침하셨습니까?"

목소리를 들으니 순복이었다.

"일어났습니다."

G9가 대답했다.

"주인 어르신께서 빨리 뵙고자 하십니다."

'올 것이 왔구나.'

G9가 생각했다. 그러나 심중을 그대로 드러낼 수는 없는 노릇이었다.

"옷만 입고 금방 가겠습니다."

사실 옷은 어젯밤에 방에 들어온 이후 갈아입지도 않았다. G9는 잠시 뜸을 들이다가 장지문을 열고 안채로 향했다.

안채 앞에는 집안사람들이 모두 모여 있었다. 예상대로 모두 우는 중이었다. 그런데 분위기가 미묘했다.

'울면서도 입은 웃고 있다니?'

G9가 순복의 안내를 받아 안채로 들어갔다. 안채는 박종수와 그의 아내 그리고 자식들로 붐볐다. G9를 본 박종수가 벌떡 일어나서 그를 향해 달려들었다. 멱살을 잡히는 줄 알고 G9는 눈을 질끈 감았다.

"아이고, 세상에. 고맙네. 고마워."

박종수가 G9를 껴안으며 소리쳤다. 예상외의 반응에 G9는 감았던 눈을 떴다.

박종수는 울고 있었다. G9의 정서반응감지기에 따르면 그의 눈물은 기쁨에 기인한 것이었다. G9는 안채에 있는 사람들의 얼굴을 살펴봤다. 하나같이 울고 있는 사람들 속에서 울지 않는 이는 오직 둘 뿐이었다. 하나는 G9였고 다른 하나는 박종수의 어머니였다. 오랜만에 깨어났는데 주위에서 가족들이 울고 있자 어리둥절한 표정이었다.

G9는 은은한 미소를 짓고 있었지만, 속으로는 얼떨떨했다.

'아니, 이게 된다고? 이게?'

G9의 생각이야 어떻든 사람들이 기뻐하고 즐거워하므로 모두 잘된 것 아닐까 싶었다.

＊

자리에 누운 박종수의 어머니를 치료했다는 소식이 마

76

을에 퍼지자 사람들이 몰려와 G9에게 치료를 부탁했다. 조선 시대에는 아픈 사람이 참 많았다. 평생 고된 농사일을 하다 보니 30대가 되기도 전에 온갖 골다공증에 시달렸고, 똥과 오물 근처에 사는 비위생적인 환경 탓에 때때로 전염병도 돌았다. 인분을 비료로 쓰다 보니 흔히들 기생충에 시달렸다. 그 덕에 G9는 아주 바빠졌다.

데이터베이스의 자료를 토대로 진찰하면 거의 백이면 백 적절한 치료방법을 찾을 수 있었다. 하지만 G9는 여전히 의원으로서의 자신을 신뢰할 수 없었다. 예전에 박종수의 어머니를 진료했던 때와 마찬가지로 종종 윤 노인의 집으로 뛰어가 자문을 부탁했다. 그러면 윤 노인은 가만히 G9의 설명을 들어주고는 말했다.

"자네의 말이 다 옳네."

그 말대로 G9의 처방은 틀린 적이 없었다.

조선 시대에 의학의 혜택이라고 할 만한 것은 사실상 한양의 왕족과 사대부 집안만이 독점하고 있었다. 한양에서 멀리 떨어진 지방의 양민이나 천민들은 병에 걸리면 스스로 이겨내거나 꼼짝없이 죽을 수밖에 없었다. 제대로 교육받은 의원이 부족한 게 현실이었기에 그나마 있는 의원들은 절박한 마음으로 찾아온 환자들에게 재물을 갈취해 부를 쌓았다. 아들을 잃기 전까지 윤 노인은 환자들에게 헌신적인 의원이었다. 윤 노인은 스스로 재물을 모으려고 하지 않았다. 재물 대신 쌓은 것은 덕이었다. 윤 노인이 폐인이 되어 당장에라도 굶어 죽을 수 있는 걸 어렵게나마 살게 해준 것이 바로 그 쌓아온 덕이었다.

어쩌다 보니 G9는 윤 노인의 뒤를 이어 이 마을의 유일한 의원이 되었다. 로봇이었기에 딱히 재물에 대한 욕심도 없었고, 미래의 인간들이 설정해놓은 윤리 규범은 조선 시대의 사람들에게도 똑같이 적용되었다. G9는 사람들에게 예의 바르고 친절했다. 겉으로 보면 양반으로 오해받았기에 사람들은 G9의 친절에 감격할 때도 있었다. 어떤 이는 우리 마을이 민심이 좋아 윤 노인에 이어서 G9 같은 덕이 많은 의원이 터를 잡았다며 기뻐했다.

G9가 치료해 병이 나은 환자들은 그의 손을 붙잡고 감사를 표했다. 진료를 시작한 지 몇 개월이 지나자 마을 사람들은 G9를 자연스럽게 받아들였다. G9가 처음 조선 시대에 온 이후 줄곧 고민해온, 어떻게 하면 중세 한국어 데이터를 효과적으로 얻을 수 있을까에 대한 문제는 해결되었다. G9는 충분한 양의 데이터를 축적하면 조용히 사라져서 계획되었던 대로 깊은 산이나 늪으로 들어갈 생각이었다.

그러나 그건 나중의 이야기였고, 지금 G9는 아픈 환자들을 진료하느라 매일 바빴다. 병으로 고통받는 사람들을 치료하는 것은 생명이 위급한 인간을 구호한다는 로봇의 기본적인 행동 원칙과도 맞아떨어졌다. 인공두뇌 속의 그 원칙이 빨리 환자를 치료하라고 성화했기에 G9의 발걸음은 항상 분주했다.

✳

그날도 G9는 환자를 진료하고는 확인 받기 위해서 윤 노인의 집으로 찾아갔다. G9가 오가기 시작한 이후 윤 노인의 집은 처음 왔을 때보다는 한결 살림살이가 나아졌다. G9는 미래에서도 연구실을 정리하고는 했기에 더럽거나 어질러진 걸 가만히 보지 못했다. 그래서 틈틈이 주선과 함께 집을 수리하거나 정리했다. 옆에서 가만 보니 주선은 부지런하고 꼼꼼해서, 게으르거나 더러운 걸 가까이 두는 성격이 아니었다. 다만 어린 나이로 할아버지를 홀로 돌보느라 집의 외양까지 챙기지 못했을 뿐이었다.

"어르신. 계십니까?"

G9가 윤 노인의 방문 앞에서 소리쳤다.

G9의 부름에 방문이 활짝 열렸다. 방 안에는 윤 노인이 있었다. 평소에는 누워서 잠들어 있던 사람이 오늘은 웬일로 깨어나 있었다.

"오늘은 깨어 있으시군요. 주선은 어디에 갔습니까?"

G9가 물었다.

"날이 좋아서 몸이 좋은 것 같다네. 주선이는 내가 아랫마을에 심부름을 보냈다네."

"하하, 그렇군요. 몸이 좋아 보이셔서 다행입니다."

그렇게 말하고 G9는 방으로 들어가 평소처럼 이번에 진료한 환자의 병세와 치료법을 설명했다. 윤 노인은 그의 말을 들으며 연신 고개를 끄덕였다.

"다 맞네. 다 맞아. 자네가 하고 싶은 대로 하게."

윤 노인이 말했다.

"제가 올바르게 처방한 거라면 다행입니다."

"자네의 처방은 항상 옳았네. 한양의 어의도 자네처럼 정확한 처방을 내리지는 못할걸세."

윤 노인의 목소리가 평소와 다르게 또렷했다. 심상치 않은 기색에 G9가 노인을 쳐다봤다. 흐릿하고 탁했던 평소의 눈동자가 맑게 빛나고 있었다.

"자네는 누구이고 어디에서 왔는가?"

윤 노인의 말에 G9의 몸체가 굳었다. 언젠가 누군가에게 추궁 당하게 되지 않을까 걱정하고는 했지만, 그게 윤 노인일 거라고는 생각하지 않았다. 그에 대한 답은 상황에 맞춰서 여러 가지를 준비한 참이었다. G9는 미리 준비한 인적사항을 윤 노인에게 들려주었다.

"아니, 그런 거 말고."

윤 노인이 단호하게 고개를 저었다.

"하지만…. 그게 다입니다."

당황한 G9의 목소리가 떨렸다.

"진짜 자네에 관한 얘기를 들려주게나."

윤 노인의 단호한 목소리에 G9는 홀린 듯이 모든 것을 이야기했다. 자신이 미래에서 온 로봇이며 중세 한국어에 대한 데이터를 획득하기 위해서 과거로 왔다고 말이다. 윤 노인은 G9의 말을 가만히 들어주었다.

"그렇게 된 것이군."

"그렇습니다. 어르신."

G9가 멍하니 대답했다.

"자네는 누구이고 어디에서 왔는가?"

"네?"

G9가 멍하니 되물었다.

윤 노인의 눈은 평소처럼 흐릿해져 있었다. G9는 영문을 몰라서 다시 한 번 윤 노인을 불렀다.

"어르신?"

"근데 자네는 누구인가? 등주냐?"

처음 윤 노인의 집에 다녀오던 날 순복은 등주가 누구인지 알려주었다. 등주는 몇 해 전에 홍수로 목숨을 잃은 윤 노인의 아들이었다. 그 후에도 G9가 윤 노인을 만나러 오면 때때로 노인은 그를 죽은 아들로 착각하고는 했다. G9는 윤 노인이 자신을 몰아붙인 것이 일종의 섬망 증상인 건 아닐까 싶었다.

윤 노인의 집을 떠난 G9는 얼마 전부터 숨이 자주 차다는 환자를 찾았다. 진단해보니 환자는 폐부종을 앓고 있었다. 미래에는 간단한 시술로 금방 치료가 가능한 질병이었지만, 현재는 이뇨제 성분이 있는 약재를 처방해 폐에 가득 찬 물을 배출하게 하는 수밖에 없었다. 그 과정에서 환자는 많이 고통스러워했다.

인간은 그저 육체를 가졌다는 이유만으로 시간이 지나면 병들고 아파한다. 어느 순간부터 G9는 미래의 지식에 대해서 생각했다. G9는 자신의 환자들이 겪는 질병들이 해결 가능한 문제라는 걸 알고 있었지만, 정작 그 해결을 위한 지식은 가지고 있지 않았다. 미래의 인간들은 그런 지식을 집요할 정도로 삭제한 후 G9를 과거로 보냈다. G9는 인간을 구호한다는 자신의 의무에 최선을 다했지만, 구하지 못하는 이들도 많았다. 그럴 때마다 G9는 그들이 살아남을 수 있는 미래의 세계에 대해서 생각했다.

G9는 환자에 대해서 생각했다. 그들이 겪는 병세에 대해서 생각했다. 그들이 건강을 되찾을 때 짓는 미소에 대해서 생각했다. 그들의 고통에 대해서 생각했다. 그들이 끝내 목숨을 잃을 때 남은 가족들이 흘리는 눈물에 대해서 생각했다.

G9는 그런 모든 것들에 대해서 생각했다. 그런 생각들이 그 자신을 서서히 변화시키고 있다는 것을 G9는 인식하지 못했다. 로봇 스스로는 자각할 수 있는 것이 아닌, 타인의 눈으로만 눈치챌 수 있는 변화였다. 어느 날, 문득 붉게 물들여진 나무를 보고 계절이 가을임을 짐작하는 것처럼. 누군가가 다가와 그 변화를 짚어주지 않는다면 스스로는 그 사실을 알지 못할 것이었다. G9는 인간이 아닌 로봇이었고, 어떤 로봇도 자신의 모습을 돌아보도록 만들어지지 않았기 때문이었다.

2
부

7

종부

    종부는 사람들을 치료하며 고통에 대해 생각하고는 했
다. 인간은 약하며 고통은 강대하다. 육체가 잉태하는 고
통만으로 인간의 연약한 삶은 송두리째 뽑힌다. 종부는
전쟁터를 가로지르며 수많은 고통을 보았다. 전쟁은 인간
끼리 서로를 해침으로써 고통을 온 강토에 뿌렸다. 인적
이 끊긴 나라의 강토에서 자연만이 번성했다. 적요 속에
서 종부는 마주치는 환자를 치료하며 고통과 전투를 벌여
왔다. 어떤 싸움은 이기고, 어떤 싸움은 졌다. 이것이 전
쟁이라면 이기지 못하리라는 것도 잘 알고 있었다. 그래
도 싸울 수밖에 없음을 종부는 알았다. 인간의 고통을 외
면하지 못하는 것은 종부의 천성이었다. 그 천성은 설령

나라를 이유 없이 침략한 자들이어도 똑같이 적용되었다.

왜병들은 종부를 그들의 영주에게 안내했다. 갑진이 이미 한번 진료를 했고 병까지 진단해낸 뒤였다. 갑진이 영주가 앓는 병의 증상을 얘기해주었지만, 환자의 증상을 직접 눈으로 확인하는 것은 의원의 기본이었다. 영주는 며칠 동안 열이 오르고 내리고를 반복했다고 했다. 종부는 영주를 진찰하고 금방 그가 무슨 병을 앓는지 알 수 있었다. 학질이었다. 미래에는 말라리아로 불릴 병이었다.

"영주님은 어떤 상태지?"

종부가 영주를 진찰하는 것을 지켜보던 영주의 호위가 통역에게 물었다. 통역이 그 말을 대답하기 전에 종부가 왜인의 말로 말했다.

"학질이오."

갑자기 종부가 왜인의 말로 대답하자 주변의 왜인들이 흠칫했다. 영주가 학질에 걸렸다는 사실에 놀란 이는 없었다. 갑진이 미리 진료한 까닭도 있었지만, 이 시대의 사람들도 학질이라는 병에 대해서 이미 잘 알고 있었다. 학질에 걸린 이들이 살아남기 어렵다는 것 또한 상식이었다. 영주에 곁에 있던 무사가 종부에게 말했다.

"나는 영주님의 호위무사 아베다. 규슈놈에게서 당신이 굉장한 명의라고 들었다."

"나는 내가 명의라고 생각하지 않소. 모든 환자를 고친

적도 없고, 고칠 거라 믿었던 적도 없소. 그저 최선을 다할 뿐이오."

"너의 말이 어떤 의미인지는 알겠다. 그래서 우리 영주님은 고칠 수 있는 건가?"

영주의 병세와 치료법을 생각해본 종부는 고개를 끄덕였다.

"물론이오. 어렵긴 하겠지만 가능할 것 같소."

"영주님이 돌아가신다면 너도 각오하는 게 좋을 거야."

아베가 말했다.

"영주가 회복한다면 내 아들과 한 약속을 반드시 지키길 바라오."

종부의 말에 아베는 코웃음을 치면서도 고개를 끄덕였다.

＊

영주의 숙소에서 나와 왜병을 따라가던 종부에게 사사키에몽이 다가와 속삭였다.

"무슨 일이 생기더라도 은인과 아드님만은 무사히 빠져나갈 수 있게 하겠습니다. 걱정하지 마십시오."

다른 왜병들이 종부와 사사키에몽의 말을 엿듣고 있는 기색을 느꼈기에, 종부는 작게 고개를 끄덕여 알아들었다는 표시를 했다.

조선인들은 한 건물에 가축처럼 몰아넣어져 있었다. 영주를 진료하고 돌아오니 해가 진 늦은 시간이었다. 어두운 수용소에서는 고된 노동과 왜병들의 학대로 지친 사람들이 잠들어 있었다. 왜병이 종부를 수용소에 데려다주자 먼저 와 있던 갑진이 종부에게 다가왔다.

"아버님, 괜찮으십니까?"

종부는 갑진의 말에 고개를 끄덕였다.

"괜찮습니다. 갑진은요?"

"저도 괜찮습니다. 왜병들도 제가 사람을 치료할 줄을 아니 함부로 대하지는 않았습니다. 영주의 상태는 어떻던가요?"

"갑진의 말 그대로입니다. 학질입니다. 환자의 병세를 정확하게 진단했더군요."

"아닙니다. 다 아버님이 가르쳐주신 덕이죠."

"상태가 위중했습니다. 조금만 더 늦었어도 손쓸 도리가 없었을 겁니다."

"학질에는 확실히 듣는 약이 없는 것으로 알고 있었기에 영주의 병을 치료하는 법을 궁리하지 못했습니다. 몸에 나타난 증상만을 다스리려고 할 뿐이었습니다."

"제가 갑진에게 학질의 특효약이 있다고 말한 적이 있지 않나요?"

"개똥쑥을 약으로 쓰면 효과가 있을 거라고 하셨죠."

"그렇습니다. 그걸 잊지 않으셨군요."

"그러나 그것을 약으로 달이는 방법은 정확히 일러주시지 않으셨습니다. 제 나름대로 방법을 궁리해보았지만 약을 달이는 법은 제가 정확히 배우지 못하여….”

"그건 하진이 더 잘했지요."

"네. 저도 그 아이가 잘한다고 하여 그 애에게 약을 달이는 걸 떠맡기고 저의 배움을 게을리한 것을 후회했습니다."

"이제는 제가 있지 않습니까."

종부는 그 말을 하고 갑진의 어깨를 토닥였다. 어깨에 닿는 손을 통해 갑진의 몸이 떨려오는 게 느껴졌다. 갑진이 말을 이었다.

"하지만 걱정됩니다. 아버님도 학질에 걸린 사람을 모두 치료하신 건 아니지 않습니까?"

"사람에 따라 다르지요. 왜인의 땅에서 나는 학질은 조선 땅에서 발생하는 학질보다 더 독하고 자주 사람의 목숨을 빼앗습니다. 저들은 조선에 온 지 얼마 안 되어 몸이 조선의 학질과 맞지 않습니다. 약으로 증세를 호전시킨다면 자기들 땅보다 순한 편인 조선 땅의 학질에도 금방 익숙해질 것입니다."

한 명의 의원이기도 한 갑진은 종부의 말을 금방 이해했다.

"아버님."

갑진이 나지막이 불렀다. 종부는 갑진이 오래 고민하던 것을 말할 때 저런 식으로 부르는 것을 알고 있었다.

"왜병들이 약속을 지킬까요?"

예전이라면 종부는 단호하게 아니라고 말했을 것이다. 그러나 종부는 그 말을 하는 갑진의 마음을 헤아리고 위로해주고 싶었다.

"그건 모르는 일입니다. 조선을 침략한 왜인들이 비록 포악하고 사납지만, 갑진과 그런 약속을 했던 건 비록 사정이 급해서라도 약속을 지킬 의향이 있었기 때문이었겠지요. 그리고 만약에 그들이 약속을 지키지 않는다면… 제가 그들을 다 때려눕히고 도망치면 됩니다."

종부의 호언장담에 갑진은 우스운지 흐흐 웃다가 말했다.

"네. 물론 잘 알고는 있습니다."

종부는 갑진의 대답에 조용히 고개를 끄덕이고는 궁금하던 것을 물었다.

"그보다 왜병들은 포로들에게 먹일 것이 없다며 잡힌 조선인을 모두 죽이는 거로 소문이 났는데…. 갑자기 왜 조선인들을 포로로 잡은 건가요?"

"성을 쌓는다고 합니다."

갑진이 종부의 귀에 대고 말했다.

"성이요?"

"이순신 장군께서 바다를 굳건하게 지키시고, 북쪽에선 명의 지원군과 팔도에서 일어난 의병들이 사방에 깔렸으니 조선 땅 전체를 정복하는 건 무리라고 판단하고 점령한 남쪽 지방에 성을 쌓는다고 합니다. 왜병이 일찍 쳐들어온 부산, 거제, 통영 땅에는 이미 그런 성이 만들어졌다고 합니다."

"성을 쌓으려는 장소가 이 근처입니까?"

종부가 갑진에게 물었다.

"여기에서 반나절 정도 걸으면 나오는 산이라고 합니다. 정상이 평평하고 탁 트여서 사방이 내려다보이는 곳입니다."

"그거 이상하군요. 진주에는 정유년이 되어서야 성이 쌓이기 시작하는데⋯."

"네? 그건 무슨 말씀입니까?"

"역사에서는 그렇게 기록되어 있습니다. 하지만 제가 여기에 온 이상 그 역사도 바뀌지 않으리라는 법은 없지요."

갑진은 자신의 아버지가 가끔 이해할 수 없는 이야기를 한다고 생각했다.

"그럼 잡힌 사람들은 언제부터 그 일에 동원된다고 합니까?"

"아마 당장 내일부터 시작할 거 같습니다."

"제가 왜병들에게 말해서 갑진은 저와 함께 움직이게

하겠습니다."

종부의 말에 갑진은 무언가 꺼리는 것이 있는 듯 표정이 어두웠다.

"아버님, 여기에 있는 모든 조선인이 같이 고생하고 있는데 저만 아버님과 따로 다닌다는 것이 마음에 걸립니다. 또 아버님과 제가 왜병을 치료한다는 것도요. 사실 아버님이 치료하신 왜병이 아버님과 제게 공손한 것을 보는 다른 사람들의 눈초리가 심상치 않습니다."

"왜 그런 것을 걱정합니까? 왜병의 겁박 때문에 그들의 영주를 치료한 것을 죄라고 여기는 사람이 있다면 우리는 그의 어리석음을 탓해야 할 겁니다."

"그 말씀이 옳습니다. 하지만… 모든 사람이 아버님처럼 생각하는 건 아닙니다."

종부는 주변을 둘러봤다. 수용소는 잡혀 온 조선인들로 꽉 차 있었다. 왜병에게 잡혀 오면서 공포에 질렸던 이들은 이제 배고픔과 피곤함에 시달리며 잠들어 있었다.

"갑진, 우선은 주무세요. 내일을 위해선 지금은 잠들어야 합니다. 오늘 하루가 너무 길었습니다."

"지금 잠이 오려나 모르겠습니다."

갑진은 한숨을 쉬었다.

수용소에서 한 사람에게 허용된 공간은 몸을 옹송그려야 누울 수 있을 정도였다. 종부는 갑진을 위해서 자신의 다리를 모아 공간을 만들어주었다. 갑진은 오래 뒤척였으나 하루가 고되었기에 결국 잠이 들었다. 새벽녘이 되자 그나마 잠들지 못하던 사람들도 모두 잠들었다. 종부는 그들이 좋은 꿈을 꾸기를, 그래서 꿈속에서나마 위안을 받기를 바랐다.

✳

아베는 갑진과 함께 움직일 수 있게 해달라는 종부의 요구를 거부했다.

"네놈이 약초를 캐러 가서 도망을 치면 어떻게 하지?"

종부로선 생각조차 못 한 것이었다.

"내가 약속을 어길 거라 여기는 거요?"

"조선인을 어떻게 믿나. 네가 도망치면 네 아들놈은 우리 손에 죽을 거다."

그렇게 갑진은 다른 조선인들과 함께 성을 쌓는 터로 갔다. 종부는 감시병들과 함께 필요한 약초를 구하기 위해서 진지 밖으로 나섰다.

감시병 중 하나는 사사키에몽이었다.

"은인께서는 아드님에 대해서 너무 걱정하지 않으셔도 좋습니다. 제 동향 중 하나가 성 쌓는 일을 감독하고 있는데 그놈한테 단단히 일러두었습니다."

"그런데 어떻게 여기까지 온 겁니까?"

종부가 궁금했던 것을 물었다.

"은인께서 저를 치료해주신 후에 부대가 남긴 흔적을 쫓았습니다. 남쪽으로 간다는 건 대충 알고 있었죠. 물줄기를 따라갔습니다. 그나마 운 좋게 같은 고향에서 온 병사를 만나서 부대에 복귀할 수 있었습니다."

조선인이 왜병을 만났다면 죽었거나 비참한 꼴을 면치 못했을 것이었다. 그 반대도 마찬가지였다. 사사키에몽은 운이 굉장히 좋은 남자였다.

"저는 굉장히 운이 좋았던 것 같습니다."

종부가 생각하던 말을 사사키에몽이 그대로 말했다.

"좋은 사람을 자주 만나고는 합니다. 제 고향 교회의 친애하는 프란체스코 수사님께서 말씀하시길 인간의 가장 큰 복은 뭐니 뭐니 해도 좋은 사람을 만나는 것이라고 했습니다. 아름다운 꽃은 벌과 나비를 끌어들이기 위해서 향기를 품는다고 하셨습니다. 인간도 그와 마찬가지여서 주위에 좋은 사람을 끌어들이기 위해선 향기를 품는, 좋은 사람이 되어야 한다고 합니다."

사사키에몽은 그러고 씩 웃었다. 벌린 입 사이로 몇 없는 이빨이 보였다.

"물론 그렇다고 제가 향기가 나는 사람이란 건 아닙니다."

"하! 당연하지! 네놈 몸에선 지독한 악취가 난다고!"

다른 감시병이 이죽거렸다.

사사키에몽은 그의 비웃음에 신경 쓰지 않는 듯 씩 웃을 뿐이었다. 종부는 그런 그의 천진난만함을 눈여겨봤다.

개똥쑥을 찾으려 종부는 주변의 들판을 뒤졌다.

"찾으시는 풀이 어떤 풀입니까?"

풀숲을 살펴보던 종부에게 사사키에몽이 물었다.

"쑥과 비슷하게 생겼지만 사람 허리까지 자라납니다. 줄기를 뜯어서 손으로 비비면 개똥 냄새가 나서 개똥쑥이라는 이름이 붙었습니다."

"풀에 개똥이라는 이름을 붙이다니 참 우습습니다."

그렇게 말하고 사사키에몽은 소리 내서 웃었다. 그는 들판에서 풀을 찾는 종부를 돕기 위해서 허리를 굽히고 풀숲을 손으로 파헤쳤다. 개똥쑥을 찾기 위해서 풀을 뜯어 손으로 비비기도 했다. 다른 감시병은 그런 사사키에몽을 한심하게 보더니 창을 내려놓고 나무 그늘에 드러누워 잠을 자기 시작했다.

약초를 필요한 만큼 모으고 종부는 진지로 돌아가자고 감시병들에게 일렀다. 종부와 사사키에몽은 양팔 가득 쌓일 만큼 많은 개똥쑥을 품에 안고 걸었다.

"그럼 이걸로 아베의 영주를 낫게 해주는 거군요."

"마치 그가 당신의 영주가 아닌 것처럼 말하는군요."

종부의 말에 사사키에몽은 그렇습니다, 하고 선선히

인정했다.

"제가 모시던 영주님은 몇 개월 전에 자결하셨습니다."

"자결이요?"

"전투를 대충 한다고 관백께서 자결하라는 명을 내리셨습니다. 저희 영주님은 성정이 선하여 싸움을 싫어하시는 분이었습니다. 조선인들한테 민폐 끼치는 걸 싫어하셔서 외딴곳에 진을 치고 움직이지 않으셨는데 그게 관백님의 분노를 산 모양입니다. 유일한 아드님과 영민의 생명까지 위협받으니 책임을 지겠다며 할복하셨습니다."

사사키에몽의 목소리가 침울해졌다.

"왜인은 칼로 스스로 목숨 끊는 것을 미덕으로 여긴다고 하더니 그 소문이 사실이었군요."

"네, 그렇습니다. 우리 영주님이 그렇게 돌아가시니 제가 원래 있던 부대도 점점 난장판이 되었습니다. 다른 영주들이 병사가 부족하다면서 같은 고향에서 온 병사들을 사방으로 찢어놨습니다. 먹을 것은 없고 전염병은 돌고. 고향에서 먼 이 조선까지 와서 전쟁을 벌이다니 일찍이 프란체스코 수사님이 말씀하신 지옥에서 고통을 받는 것 같았습니다."

"이봐, 규슈놈! 지금 조선인한테 무슨 말을 하고 있는 거냐!"

뒤에서 쫓아오던 다른 왜병이 소리쳤다. 종부는 영주의

숙소에서 아베가 사사키에몽을 두고 규슈놈이라고 말한 것을 기억했다. 이번에도 마찬가지였다. 처음에는 이해할 수 없었던 상황을 사사키에몽의 이야기를 들으니 조금은 이해할 수 있게 되었다.

진지에 도착한 종부는 가져온 개똥쑥으로 탕약을 달여 영주에게 먹였다. 모기의 원충이 원인인 학질은 감염된 뒤 며칠에서 몇 개월의 잠복기를 거쳐 발병한다. 초기에 치료하지 못하면 심한 고열과 오한을 연달아 겪다가 비장이 부풀어 오르고, 잘못되면 터지기까지 했다. 그 과정이 굉장히 고통스러웠기에 이 시대의 사람들은 학질에 걸리는 걸 굉장히 두려워했다. 그 공포는 먼 미래에도 '학을 떼다'라는 말로 흔적을 남길 정도였다. 학질에 걸린 이에게 가장 중요한 것은 최대한 빨리 치료를 하는 것이다. 과거 종부가 치료하지 못했던 학질 환자의 열 중 아홉은 그 병이 학질인지 몰라 제때 대처하지 못한 경우였다. 영주는 발병한 지 꽤 시간이 지났지만, 다행히 목숨을 구할 수는 있는 상태였다. 종부는 영주의 몸이 뜨겁지 않게 조치했다. 약을 먹인 첫날 밤에는 열이 내려가지 않았으며 오히려 더 심하게 고통스러워했다. 그 모습을 보고 흥분한 아베가 칼을 뽑고 종부를 위협하기까지 했다. 종부는 자신의 목을 겨눈 칼을 냉정하게 응시하다 말했다.

"이 열은 몸이 학질의 병균과 싸우기 위해서 나는 것이오. 약이 잘 드는 것이니 아침이면 열이 내릴 것이오."

아베의 얼굴은 새빨갛게 물들어 있었다.

"네놈에게 영주님을 치료하자고 한 게 나란 말이다! 영주님이 잘못되면 너만 죽는 게 아니야, 알겠어?"

종부는 그제야 아베가 왜 이렇게 흥분했는지 이해할 수 있었다. 종부가 칼을 눈앞에 두고도 겁먹은 기색이 없자 오히려 아베가 흠칫 놀란 것 같았다.

"도대체 네 정체가 뭐냐? 의원은 맞는 거냐?"

"그 검으론 날 해칠 수 없을 거요."

종부가 잘라 말했다.

"영주님이 돌아가신다면 네놈은 물론이고, 네 아들놈, 여기 있는 조선놈들까지 모두 죽이겠다!"

아베가 소리쳤다. 종부는 대꾸하기도 귀찮아서 고개만 까딱였다.

아침이 되자 펄펄 끓던 영주의 열은 내려갔고, 쉬던 숨도 편해졌다. 종부가 전날 한 말이 그대로 이루어졌기에 그를 쳐다보는 왜병들의 시선도 조금은 부드러워졌다.

"이제 영주님은 어떻게 되는 거지?"

목소리가 가라앉은 아베가 종부에게 물었다.

"몸이 학질과 싸워서 이겼으니 잠을 자면서 체력을 회복한다면 의식을 되찾을 거요. 환자가 깨어난다면 소화하기 쉬운 죽과 데운 물을 마시게 하시오. 후유증이 남겠지만 일상생활을 하는 데에는 지장이 없을 것이오."

그 자리에 있던 영주의 신하들 모두가 종부의 말에 귀 기울였다. 학질을 앓고도 살아남는 사람이 거의 없다는 것은 왜인들에게도 상식이었다. 그렇게 두려운 병에 걸린 영주를 살려낸 것을 보았기에 왜인들의 태도가 확 달라졌다. 종부에게 거는 말은 조곤조곤해졌고 몸짓도 겸손해졌다. 그들은 서로 귀엣말을 했다. 종부가 듣지 못하게 하려는 거였겠지만, 종부에게 그 정도 소리는 훤히 들렸다.

"그 규슈놈의 말이 맞았군. 그놈도 전염병에 걸려서 가망이 없는 걸 산에다 버렸는데 저 조선 의원이 살렸다고 하던데."

"우리 친척집 식구가 학질에 걸려서 몽땅 죽었는데 저 의원은 그 무서운 병을 눈 하나 깜짝 않고 고쳐내는군. 명의야 명의."

"영주님께서 깨어나신다면 저 조선인에게 큰 상을 내리시겠어."

"우리가 조선땅에서 많은 조선인을 죽였는데, 조선인에게 큰 은혜를 입었으니 세상 다 살다 볼일이군."

신하들의 속삭임 속에서 영주는 편하게 숨 쉬며 잠들어 있었다. 영주가 깨어나면 종부는 자신과 갑진을 풀어주길 요구할 생각이었다.

영주의 방에서 빠져나온 종부는 이전에 머물던 수용소가 아닌 천막으로 안내되었다. 안내한 왜병에게 연유를 묻자 왜병은 이제 종부는 포로가 아닌 영주의 손님으로 대우받을 거라고 말했다. 종부가 무심히 고개를 끄덕이고 천막 안으로 들어섰다. 천막 안에는 갑진이 의자에 앉아 있었다. 갑진은 천막으로 들어오는 종부를 보고 벌떡 일어섰다.

"아버님!"

"갑진, 그동안 괜찮았나요?"

종부가 영주를 치료하는 며칠 동안 갑진은 성을 쌓는 현장에 동원되었다. 며칠 사이에 고생이 심했는지 수척해져 있었다.

＊

갑진도 처음에는 성을 쌓았지만, 다친 조선인들을 돌보기 시작하자 곧 노동에서 배제되어 치료만을 하도록 명받았다고 했다. 몸을 다칠 일은 줄어들었지만, 쉽게 사람이 다치고 죽는 장소와 가까이하다 보니 갑진의 마음이 몸까지 고통스럽게 했다.

왜병들은 말 하나 통하지 않는 조선인들을 칼과 창으로 위협해가며 일을 시켰다. 밥은 또 얼마나 적게 주는지 하루에 어린아이 주먹만 한 주먹밥 하나를 주었다고 했다.

"쌀 한 줌으로 성을 다 쌓을 지경입니다."

갑진은 종부에게 며칠 사이에 겪은 일을 말해주었다. 성을 쌓는 산에는 쳐들어오는 왜병이 두려워 목을 맨 조선인들의 시체가 나무에 주렁주렁 달려 있었다. 수습할 사람이 없어 썩어가는 시체를 조선인 포로들이 나무에서 내려서 묻어주었다. 왜병들은 사람을 무자비하게 대했다. 조선인들이 힘에 겨워 몸이 움츠러들면 본보기로 한두 명씩 죽였다.

"오늘만 해도 세 명이 죽었습니다. 저놈들은 사람 목숨을 파리처럼 여깁니다."

갑진은 이내 울기 시작했다. 종부는 우는 갑진을 안고 손으로 등을 둥그렇게 쓰다듬었다. 갑진이 울 때마다 종부는 항상 그렇게 위로해주고는 했다. 오래전에도 그랬고 지금도 그랬다.

"왜 우리가 이런 꼴을 당해야 합니까? 아버님, 저는 그 이유를 모르겠습니다."

종부 또한 그 이유를 알 수 있다면 좋았을 것이었다. 오래전에 죽은 스승 윤 노인은 종부에게 살아간다는 것은 도무지 알 수 없는 것이라는 말을 했었다. 병으로 고통받던 영주는 이 모든 일의 책임자 중 하나였다. 왜병뿐 아니라 그런 영주까지 치료한 종부와 갑진의 행위가 과연 옳은 것일까? 종부는 알 수 없었다.

새로 옮겨진 천막은 수용소와는 비교도 할 수 없을 정
도로 안락했다. 갑진은 울다 지쳐 잠들었다. 종부는 밤새
잠들지 않고 천막 너머의 병사들이 코 고는 소리, 잠결에
뒤척이는 소리를 들었다. 수없이 많은 사람을 죽여 온 왜
병들의 자는 소리는 조선인들과 다르지 않았다.

8

G9

감을 광주리에 이고 온 아이들이 갑자기 내린 비에 흠
딱 젖었다. 아이들이 비를 맞으며 새된 비명을 질렀기에
G9는 집 안에서도 누가 찾아온 건지 알 수 있었다. G9가
장지문을 열어서 마당 쪽을 보자 옷이 흠딱 젖은 윤 생원
집 남매가 활짝 웃으며 G9를 쳐다봤다.

"안녕하세요, 나리!"

두 아이가 동시에 소리쳤다. 아이들은 자기들이 동시에
소리친 게 웃긴 듯 서로를 쳐다보며 깔깔거렸다.

"거기에 있으면 계속 비를 맞으니 마루로 올라오세요."

G9가 말했다.

아이들이 마루 위로 올라왔다. 아이들은 모시 보자기로

묶은 광주리를 가지고 왔다. 사내아이가 묶음을 풀었다. 광주리 안에는 잘 익은 감이 예쁘게 쌓여 있었다.

"아버님이 감을 드시라고 보내드렸어요."

사내아이가 명랑하게 말했다.

"정말 예쁜 감이군요. 아버님에게 잘 먹겠다고 전해주세요."

사실 G9에게는 먹을 것보다는 동력인 태양광이 더 중요했지만, 감을 보낸 아이의 부모와 가져온 아이들을 생각해 감사를 표했다.

"오늘은 날씨가 흐려서 배가 고프시겠어요."

여자아이 하진이 말했다.

"배가 고프지는 않습니다. 어제는 날씨가 좋아서 동력을 많이 축적할 수 있었습니다."

✳

하진과 G9는 마을 근처 들판에서 종종 만났다. 드문 일이었지만 찾아오는 환자도, 왕진도 없을 때 G9는 태양광을 충전하기 위해 들판을 걷고는 했다. 그때마다 하진은 들판에서 꽃을 꺾으며 놀고 있었다. 언젠가부터 여자아이는 G9를 쫄래쫄래 쫓아오며 말을 걸었다.

"나리. 나리는 이렇게 해가 밝을 때만 걸으세요? 덥지는 않으세요?"

"나리는 평소에 밥을 잘 안 드신다고 소문이 났는데, 그럼 언제 뭐로 밥을 드세요?"

"옷은 팔이 왜 그래요?"

아이가 반짝반짝 눈을 빛내며 G9에게 물었다.

태양광을 동력으로 사용하는 G9는 장기간 햇빛에 노출될 필요가 있었다. 주변 마을로 가는 왕진이 G9에겐 남들 눈에 의심을 받지 않을 좋은 핑계였다. 가장 좋은 건 맨몸에 빛을 받는 것이었지만, 그러면 미친놈으로 오해받기 딱 좋았다. 대신에 G9는 소매가 없는 옷을 입고 다녔다. 효율은 낮았지만 오래 돌아다니면 며칠간 정상적으로 작동할 정도의 동력은 얻을 수 있었다.

G9가 하진에게 자신의 동력 획득 방식을 순순히 설명해준 것은 아이가, 하물며 과거인이 그 사실을 이해하지 못하리라고 생각했기 때문이었다. 하진은 G9의 말을 주의깊게 듣다가 말했다.

"그럼 나리에게는 햇빛이 밥인 셈이네요!"

정확하지는 않지만, 아이가 자신의 작동원리를 이해했기에 G9는 적잖이 놀랐다. G9는 아이가 총명하니 다른 시대에 태어났다면 과학자가 되었을 거라 생각했다.

G9가 홀딱 젖은 아이들에게 천을 건네 몸을 닦게 할 때 부엌에서 밥을 짓던 주선이 인기척을 느끼곤 마루로 나왔다.

"웅? 갑진아, 하진아. 언제 왔니?"

"방금!"

남자아이 갑진이 댕기 머리를 풀고 천으로 젖은 머리를 닦았다. G9는 아이들의 젖은 옷을 벗겨 아랫목에 펼쳐놓았다.

"비가 그치고 옷이 마르면 가세요."

G9가 윤씨 남매에게 말했다.

"아버님께서 어두워지기 전에는 돌아오라고 하셨는걸요."

갑진이 비가 쏟아지는 하늘을 보며 말했다.

"제가 집까지 데려다주겠습니다. 감을 주신 것도 감사 드려야겠고요."

G9가 남매에게 말했다.

"어, 감이다!"

주선이 광주리를 보고 소리쳤다.

윤 남매의 아버지인 윤 생원은 얼마 전에 병이 나서 G9에게 진료를 받았다. 집안 사정이 어려워 치료비로 답할 것이 없다며 치료를 거부하던 그를 G9가 자리에 주저 앉히고 고쳐주었다. 그리고 몸이 나은 윤 생원이 보답으로 남매를 통해 잘 익은 감을 보내준 것이었다.

　남매가 밥때가 되어 왔기에 그냥 보낼 수는 없었다. 오늘 주선이 음식을 많이 한 편이라 먹을 사람이 늘어도 밥이 부족하지 않았다. 주선이 안방에서 잠들어 있던 윤 노인을 깨웠다. 작은 상에 음식을 나눴다. 어른인 윤 노인과 G9가 한 상을, 어린아이들 셋이 다른 상을 차려 밥을 먹었다. G9는 밥을 먹지 않아도 되었지만, 음식을 먹지 않으면 주선이 걱정했기에 몇 숟가락만 먹고 나머지는 갑진과 하진의 밥그릇에 덜어주었다. 아이들은 한창 자랄 때라 G9가 덜어주는 밥을 넙죽넙죽 잘 먹었다.

　식사를 마치고 상을 치운 후 남매가 가져온 감을 꺼내다 같이 나눠 먹었다. 빗소리를 들으며 감을 먹는데 윤 노인이 기분이 좋아졌는지 노래를 흥얼거렸다. 비가 그쳤을 때는 이미 해가 져서 어두웠다. G9는 아이들이 사는 강가 마을까지 남매를 데려다주었다. G9가 등불을 켜고 앞서 걸었다. 하진이 등불을 자기가 들고 싶다고 해 건네주자, 아이는 자기 키보다 높이 등불을 들고 앞서서 걸었다. 비가 그친 뒤 밤하늘은 맑아졌고 하늘 위로 달과 별이 투명하게 비쳤다. 풀숲에서 여치들이 울었고 미래에선 거의 멸종해버린 반딧불이가 별처럼 총총히 빛났다. 아이들은 기분이 좋은지 벌레들의 우는 소리에 맞춰서 콧노래를 흥얼거렸다.

＊

　가을이 오기 전에 G9는 아예 윤 노인의 집에 방 한 칸
을 빌려 살기 시작했다. 박종수의 집에 오래 신세를 지는
것도 민망했거니와 환자들이 양반집인 박종수의 대문을
두드리는 것을 불편해했기 때문이었다. 마을 사람들은
G9가 윤 노인에게 물어볼 것이 있어 박종수의 집을 나선
뒤에야 G9를 찾고는 했다. 그런 이유로 윤 노인의 집에
머물겠다고 하자 박종수는 섭섭해했지만, 이내 이해했다.
　"이제 아예 이 고을에 정착하기로 한 셈이군."
　박종수가 말했다.
　"네. 그렇습니다. 사람들을 치료하는 게 제 본분인 것
같습니다."
　"그래, 자네가 이런 사람일 줄 처음부터 알았다네."
　"처음 봤을 때 저보고 귀신이라고 하지 않으셨나요?"
　G9의 지적에 박종수가 민망한지 헛기침을 했다.
　"그때야 산속에서 자네가 갑자기 튀어나와서 내가 놀라
그런 거지."
　"뭐, 됐습니다. 이미 지나간 일이고."
　"언제라도 이 집이 자네 집이다, 하고 찾아오게나. 항상
환영하겠네."
　"어차피 어머님 건강을 살피려면 자주 찾아와야 합니다."

"그 점은 항상 노보 자네에게 감사하고 있다네."

박종수가 미소 지으며 말했다.

"잠깐, 방금 저를 노보라고 부른 겁니까?"

"그렇네, 노보. 뭐가 문제인가."

G9는 박종수와 사람들에게 자신의 이름을 로봇 G9라고 말했다. 문제는 이 시대의 사람들은 외국어에서 파생된 '로봇 G9'라는 말을 정확하게 발음하지 못한다는 것이었다.

"노보가 아니고 로봇."

"로보."

"로봇."

"노보."

고쳐지지 않는 박종수의 발음에 G9가 한숨을 쉬었다.

"그래, 그건 됐습니다. 다른 거로 넘어가죠. 따라 해보세요. G9."

"치구."

"G9."

"찌구."

한참 동안 발음을 교정해줘도 박종수는 정확하게 말하지 못했다.

"하. 그냥 마음대로 부르시죠."

G9가 항복했다.

"그래, 그럼 이제 된 건가, 노보?"

박종수가 실실 웃으며 말했다. G9는 이 양반이 자기를 골려주려고 일부러 이러는 것은 아닐까 고민했다.

방문을 열고 밖으로 나오자 박종수의 아들 홍인이 마당에서 누군가를 찾는 듯 주변을 기웃거렸다. 박종수는 아들이 어른을 봤는데도 인사는 하지 않고 다른 데 정신이 팔린 걸 못마땅해했다.

"애야, 어른을 봤는데 인사를 해야 할 것 아니냐."

박종수의 말에 홍인이 화들짝 놀라서 G9에게 허리를 굽혀 인사를 했다.

"나리, 안녕하셨습니까."

"그래요. 홍인도 잘 지냈나요?"

"저는 밥 잘 먹고 잘 지내고 있었습니다."

홍인이 명랑하게 답했다.

"애야. 뭘 하고 있기에 그렇게 정신이 팔린 거냐?"

박종수가 아들을 혼내려는 기색이었기에 G9가 참견했다.

"저는 괜찮습니다. 왜 아이를 괜히 혼내려고 하십니까."

"아니, 내가 뭘⋯."

G9가 자신을 나무라자 박종수가 억울해했다.

"그보다 홍인은 뭘 하고 있었습니까?"

"할머님이 술래잡기하고 싶다고 하셔서 같이 하는 중이었습니다. 지금은 할머님이 숨으실 차례세요."

"허허, 어머님도 참."

박종수가 민망해하며 웃었다.

박종수의 어머니는 자리에서 일어난 후 건강이 양호한 편이었지만, 치매 기운이 있는지 가끔 어린아이로 돌아가곤 했다. 홍인은 그런 할머니를 위해서 술래잡기 같은 놀이를 자주 했다. 양반가로서 체통이 없다며 부끄러워할 수도 있었으나, 박종수는 할머니를 한번 잃을 뻔한 홍인에게 하늘이 다시 주신 기회라며 이해했다. 심지어 자신도 몸소 어머니와 같이 놀이를 하기까지 했다. 어린아이처럼 변하셨지만, 그렇기에 어머니가 잘 웃으시니 기쁘다고 박종수는 종종 말했다. G9는 그 순수한 모습이 참 박종수답다고 생각했다.

박종수의 어머니는 장독대 뒤에 숨어 있었다. 체구가 작았기에 언뜻 보면 잘 보이지 않았다. G9는 장독대 쪽을 언뜻 봤다가 박종수의 어머니와 눈이 마주쳤다. 노인이 손가락을 입에 가져다 댔다. G9는 미소를 지으며 고개를 끄덕였다.

✳

"나는 아무래도 겨울을 넘기지 못할 것 같으이."

가을의 문턱에서 윤 노인이 갑자기 그런 말을 했다. 놀란 G9가 윤 노인을 쳐다봤다. 평소처럼 G9가 진료한 환자의 증상에 관해서 얘기하고 있을 때였다.

"갑자기 그게 무슨 말씀입니까?"

G9는 윤 노인이 정신이 흐려져 허튼소리를 하는 건가 싶었다.

"난 지금 제정신이야."

"제정신인 사람이 갑자기 자기가 죽을 것 같다는 소리를 합니까?"

G9가 황당해하며 물었다.

"죽어가는 사람을 자주 보면 사람이 언제 목숨을 다할지도 안다네."

"그게 무슨 귀신 씻나락 까먹는 소리입니까?"

로봇으로서 철저한 유물론자인 G9가 황당해하며 물었다.

"원래 내 나이 정도 되면 겨울에 쉽게 죽고는 하지. 나도 딱 그렇게 갈 나이가 된 것 같아."

"그러니까 윤 의원님 말씀은 노인은 겨울이 되면 잘 죽고, 본인도 노인이니까 올해 겨울을 넘기 힘들 것 같다, 그런 뜻입니까?"

윤 노인이 고개를 끄덕였다. G9는 한숨을 내쉬었다.

"그런 말씀은 왜 하시는 겁니까? 의원이시니까 살려고 하는 마음의 태도가 건강에 영향을 끼친다는 걸 잘 아시지 않습니까."

"겨울이 되면 잘 알게 되겠지. 살지 죽을지."

윤 노인의 태도에 G9는 더욱 어처구니가 없었다.

"지금 저하고 내기라도 하시자는 겁니까? 지금 주선이 집을 비워서 다행이네요. 할아버지가 대놓고 이런 말을 한다는 걸 알면 슬퍼할 겁니다."

"그 애가 없으니까 이런 말을 하는 거지."

그러고 윤 노인은 씩 웃었다.

"내가 죽으면 주선이를 부탁하네. 그걸 말하고 싶었어."

G9는 윤 노인을 멍하니 쳐다봤다.

"몸이 좀 불편하시면 제가 한번 진찰해보겠습니다."

윤 노인이 고개를 저었다.

"병든 게 아니야. 때가 된 거지. 사람은 원래 때가 되면 가는 거야."

"지금은 정정하시니 몇 년은 더 사실 겁니다."

"그럴 수도 있고. 하지만 해야 할 말은 제정신일 때 미리 해놓고 싶었네."

G9는 윤 노인을 걱정스럽게 쳐다봤다. 윤 노인은 갑자기 눈이 부신 듯 눈동자를 연달아 깜빡거렸다. G9는 그런 윤 노인의 모습을 잘 알았다. 한순간 명료했던 노인의 정신이 다시 흐려져 간다는 신호였다.

"그래서 어떻게 할 건가?"

윤 노인이 물었다.

"아? 예, 예. 잘 돌보겠습니다."

"그래, 그렇군."

윤 노인이 연신 고개를 까딱거렸다. 노인은 이제 졸린
지 고개를 숙인 채 졸고 있었다. 병든 인간은 아기와 닮았
다. 아기가 몸을 자라나게 하기 위해 잠으로 힘을 갈무리하
듯이 병든 인간은 몸을 낫게 하기 위해 잠을 연거푸 잔다.

"사람의 죽고 사는 것은 하늘의 뜻이니… 환자의 목숨
을 구하지 못한다고 해서 자책하지 말게….."

"네? 어르신, 뭐라고 하셨습니까?"

노인의 흐릿한 말에 G9가 되물었다. 그러나 노인은 그
새 잠들어 있었고 G9는 방금 자신이 들은 말이 실제로 노
인이 한 말인지 조차도 알 수 없었다.

G9는 노인을 방에 눕히고 집을 나섰다. 추수가 끝난 들
판은 적막했다. 벼를 거둬들일 때 사람들은 노래를 불렀
다. 노랫말이 고추잠자리들과 함께 푸른 하늘을 날다 사
라졌다. 하늘의 색은 조선 시대에도, G9가 떠나온 5세기
뒤의 미래에도 모두 푸르렀다. 여기에 사는 사람도 마찬
가지였다. G9가 보기에 과거의 인간과 미래 인간의 차이
는 단 한 점도 없었다. 인간은 주어지는 환경에 따라서 다
른 인생을 살지만, 근본은 다르지 않았다. 그들은 때리고,

비웃고, 멸시하는 존재였다. 하지만 동시에 울고, 슬퍼하며, 타인을 끝없이 사랑하는 존재들이었다. 언젠가는 누군가에게 이 모든 것들을 말할 수 있을까, 하고 G9는 생각했다.

"의원님!"
G9를 누군가가 불러 세웠다. 홍인이었다. G9도 홍인에게 마주 인사했다.
"안녕하세요, 홍인. 웬일로 여기까지 나왔군요."
"할머님과 함께 여기까지 걸어왔습니다. 몸을 움직이는 게 건강에 좋다고 의원님이 그러셨잖아요."
G9는 박종수의 어머니에게 어느 정도의 운동은 건강에 좋으니 매일 한식경 정도 산책할 것을 권유했다. 박종수 집안의 사람들은 돌아가며 노인과 함께 산책하고는 했다. 종과 함께 나올 때도 있었고 며느리나 손자 혹은 박종수가 어머니의 손을 잡고 나오기도 했다.
박종수의 어머니는 들판에 고개를 숙인 채 무언가를 찾고 있었다. G9가 인사를 건넸지만 무언가에 열중했는지 답하지 않았다. 그래서 G9는 박종수의 어머니에게 다가갔다.
"오늘도 꽃을 찾으시는 건가요?"
G9가 물었다.

"이제 꽃이 다 없어져버렸어."

박종수의 어머니가 시무룩하게 말했다.

"이제 가을이니까요. 풀도 시들고 나무의 나뭇잎도 떨어질 때 아니겠습니까."

G9의 말에 박종수의 어머니는 더 풀이 죽었다. 그 모습에 황급히 홍인과 G9도 같이 허리를 숙여 꽃을 찾기 시작했다.

치매 기운이 있는 박종수의 어머니는 여섯 살 난 아이처럼 놀았고, 아이처럼 웃으며 장난쳤다. 노인의 기억은 수십 년 전의 과거에 머물렀다. 아들인 박종수를 아버지로 알았고 며느리를 어머니로 알았다. 손자인 홍인은 일찍 죽은 남동생으로 알았다. G9에 대해서도 별반 다르지 않아서, 때때로 G9를 다른 이름으로 불렀다. 아마 어린 시절의 친구나 친척의 이름인 것 같았다. 집안의 사람들 중 누구도 그 이름의 주인이 누구인지 알지 못했다.

한참을 풀숲을 쏘아보던 G9는 가늘게 핀 흰 꽃을 발견했다. 그 꽃을 따 박종수의 어머니에게 주었다.

"고맙네, 종부. 너무 예쁜 꽃이야."

박종수의 어머니가 꽃을 받아들고 활짝 웃었다. G9는 참 귀여운 할머니구나 하고 생각했다.

9

종부

버려진 들판에 꽃이 가득 피었다. 한때는 농부들이 농
사를 짓던 곳이었다. 종부는 사람들이 들판에서 일하며
부르던 노래를 기억하고 있었다. 소들도 노랫말에 맞추어
꼬리를 흔들곤 했다. 이제 들판은 길게 자란 풀과 꽃으로
가득했다. 조선인들은 들판에 핀 꽃을 보고 진저리를 쳤
다. 한때 왜병이 사람을 살해하여 시신을 버린 들판이었
다. 사람들은 지금 핀 꽃과 풀이 그때 버려진 시체의 피와
살을 빨아먹고 자란 것이라며 불길하게 여겼다.

종부는 며칠에 한 번씩 그 들판에 가서 꽃과 풀을 베었
다. 그 꽃과 풀로 약을 만들어 병든 이에게 먹이고 상처가
난 이에겐 고약을 만들어 발라주었다. 인간의 몸을 먹고

자란 것들로 사람을 살리는 것도 나쁘지는 않은 일이라고 종부는 생각했다.

영주의 몸이 나아진 후 종부와 갑진의 처지는 눈에 띄게 바뀌었다. 전에는 다른 조선인 포로와 같이 수용소에 가축처럼 몰아넣어져 있었지만, 지금은 감시가 따라붙기는 했어도 진지 내에서 자유롭게 움직일 수 있었다. 종부는 진지를 돌아다니며 항상 그랬던 것처럼 다치고 병든 이를 찾았다. 왜병들은 조선인의 손에 자신의 몸을 맡기는 것을 꺼림칙하게 여겼기에 초기의 환자는 주로 조선인이었다. 종부와 갑진이 성을 쌓느라 다친 조선인들을 척척 치료해내자 왜병들도 슬슬 눈치를 보더니 부자를 찾았다. 종부는 환자를 가리지 않았으므로 왜병들도 성심성의껏 치료했다.

종부와 갑진이 환자들을 진료하는 천막은 일종의 병원이 되었다. 종부가 많은 이를 치료하자 이제는 왜병들도 예의를 지켜 종부를 대하기 시작했다. 그 무례하던 아베도 종부를 보면 예의 바르게 인사할 정도였다.

죽을 고비를 넘긴 영주는 분명히 회복할 것이었다.

종부는 영주의 신하들에게 조선인을 풀어주겠다고 한 갑진과의 약속을 지키라고 요구했다. 종부의 말을 들은 왜인들은 그 말을 비웃는 기색이었지만, 단칼에 종부의 말을 거절하지는 않았다. 다만 이렇게 말할 뿐이었다.

"그 일은 저희가 결정할 수 있는 사안이 아닙니다. 영주님께서 깨어나시면 그때 다시 말을 해보지요."

사사키에몽과 병사들은 종부가 일러준 생김새와 똑같은 약초들을 찾아다니기 시작했다. 종부가 가만 관찰해보니 사사키에몽과 동향인 병사들은 다른 왜병들에게서 동떨어져 있었다. 그런 미묘한 분위기에 관해 묻자. 사사키에몽은 자신들이 믿는 종교 때문이라고 답했다.

"종교라고요?"

"네. 그렇습니다."

그렇게 말하며 사사키에몽은 품속에서 작은 나무 십자가를 꺼냈다. 그 모습에 다른 병사들도 하나둘 가지고 있던 십자가를 꺼냈다. 사사키에몽은 자신과 같은 종교를 믿는 이들을 '키리시탄'이라고 부른다고 말했다.

"고향에선 노인부터 어린아이까지 교회에 가서 다 같이 기도를 하고 먹을 걸 나눠 먹고는 했습니다. 저도 처음에는 먹을 거나 얻어먹으려고 교회에 기웃거렸죠. 가도 뭐 수사님이 말씀하시는 걸 이해 못 하니까 졸기만 했고요."

사사키에몽은 민망하다는 듯이 머리를 매만졌다.

"다른 지방에서 저희가 이상한 종교를 믿는다고 비웃더군요. 어디 모여서 기도를 하려고 하면 온갖 훼방을 놓고 침을 뱉고는 합니다."

그들이 기도하는 장면을 종부도 봤다. 지나가다 열린

천막의 틈 사이로 사사키에몽과 몇몇 왜인들이 십자가 앞에 무릎을 꿇고 기도하는 것이 흘깃 보였다. 지나가는 왜병들이 그 모습을 보고는 침을 뱉고 욕을 했다. 천막 안에서 기도하던 이들은 그런 모욕에도 꿋꿋하게 기도했다.

"그래서 그때 예수님이라고 외친 겁니까?"

"예수님이라니요?"

종부는 사사키에몽이 산속에서 병들었을 때 정신을 잃은 그가 예수님, 예수님, 하며 외쳤다고 알려주었다. 그 이야기를 들은 사사키에몽은 눈을 동그랗게 떴다.

"잘 기억나지 않습니다."

"그럴만하죠. 의식을 잃었으니까요."

종부의 이야기를 들은 사사키에몽은 무언가를 골똘히 고민했다.

"생각해보니 꿈을 꾸었던 것 같습니다."

"무슨 꿈을 꾸었나요?"

"잘 기억나지 않습니다."

"저도 꿈이 원래 그러한 것이란 건 알고 있습니다. 그렇지요. 꿈이란 본디 그런 것이지요."

왜병의 진지에 도착하자 어쩐지 분위기가 어수선했다. 진지 입구에 아베가 서 있다가 종부를 보고 다가왔다.

"영주님께서 깨어나셨다. 자기를 치료한 의원을 보고 싶다고 하시더군."

*

　영주는 사발에 담긴 죽을 천천히 씹어 먹었다. 오래 음식을 끊었던 몸은 먹은 것을 쉽게 받아들이지 못했다. 영주는 오만상을 지으며 들고 있던 사발을 던지듯 내려놓았다.

　"맛이 없어. 맛이."

　"음식을 새로 해오겠습니다."

　신하 중 하나가 공손하게 말했다.

　"그런 말이 아니야. 죽을 입 안에 넣었는데 소태를 씹는 것처럼 써. 내 혀가 이상해진 거야."

　"몸은 천천히 나아지실 겁니다."

　영주의 방에 신하들이 모두 모여서 깨어난 영주가 죽을 먹는 모습을 지켜봤다. 아베와 종부는 가장 말석의 자리에 앉아 있었다. 신하들이 영주가 잠든 동안에 있었던 일을 짤막하게 보고했다. 본토의 관백이 어떤 지시를 내렸고 그에 따라 어떤 일을 했노라는 보고가 주를 이었다. 다른 부대를 지휘하는 장군들의 이름이 나올 때마다 영주가 인상을 찌푸렸다.

　"그놈들은 하나같이 바보들이야."

　영주의 욕에 신하들이 웃음을 터뜨리며 동의했다.

　"그래, 성을 쌓는 일은 어떤가?"

　"주변에 사는 조선인들을 징발해 쌓고 있습니다. 조선

인들은 덩치가 커서 힘이 좋더군요. 성이 하루하루가 다르게 높아지고 있습니다."

"양곡은? 충분하지는 않을 텐데."

"병사들에게 주변의 산에 숨어 있는 조선인들을 잡아들이게 했습니다. 전라도로 파견된 병사들도 쌀을 꽤 가져왔습니다. 그곳은 기름진 땅이어서 쌀이 많더군요. 조선군이 반격해 와서 물러서기는 했지만요."

"하루빨리 그곳을 점령해야 할 거야. 그러지 않으면 병사들이 적의 손에 죽는 게 아니라 먹을 것이 없어서 굶어 죽을 거야. 하루빨리 성을 쌓고 겨울을 보낼 준비를 해야 해."

영주의 말에 신하들이 일제히 넷! 하고 소리쳤다. 종부만 입을 다물고 있었다. 그것이 눈에 띄었는지 영주가 종부를 쳐다봤다.

"그런데 저이는 누구인가?"

영주에게 가까이 있던 신하가 그의 귀에 대고 말을 속삭였다. 신하의 말에 영주는 흥미롭다는 듯이 눈을 빛냈다.

"그래, 당신이 나를 치료해주었다고?"

종부는 영주를 바라보았다. 오랫동안 칼을 잡아 온 군인이었던 영주는 병으로 수척해져 있었지만, 눈빛은 형형했다. 종부는 고개를 끄덕였다.

"잠깐, 내 말을 알아듣는 건가?"

영주의 말에 옆에 있던 신하가 종부가 왜인의 말을 할

줄 안다고 알렸다.

"과연 놀랍군. 우리말은 어디서 배운 건가?"

"누군가에게 배웠다기보다는 스스로 터득한 것이오."

종부의 말에 영주는 흥미롭다는 듯이 눈썹을 치켜들었지만, 더 캐묻지는 않았다.

"그대 덕분에 내가 이렇게 멀쩡해졌다고 하더군. 감사하게 생각한다."

"환자를 치료하는 것은 나의 의무요. 감사를 받으려고 하는 일이 아니오."

"학질에 걸린 사람을 치료할 정도의 명의면서 겸손하기까지 하군. 이 조선 땅에서 무서운 병에 걸렸는데 은인을 만나서 살아남았으니 하늘이 나를 도왔다."

"하늘은 아무것도 하지 않소. 이 땅에 살아가는 이들이 최선을 다해 일을 해내야 무언가가 이루어지는 법이오."

종부의 말에 영주는 잠시 얼굴을 굳혔다. 심기가 불편해진 영주의 얼굴을 보면서 신하들이 영주의 눈치를 살폈다.

"내가 이 먼 곳에서 현인을 만날 줄은 몰랐군."

영주의 말에는 빈정대는 기색이 담겨 있었다.

"이 의원을 데리고 온 이가 누구인가?"

신하들이 가장 말석에 앉은 아베를 쳐다봤다. 그 눈길에 아베가 조심스럽게 머리를 조아리며 말했다.

"접니다."

"이런 명의를 어디서 데리고 온 건가?"

"산속 마을에서 머무르는 걸 제가 찾았습니다."

아베가 대뜸 말했다. 종부가 이곳에 온 것은 갑진을 따라서였고, 갑진을 데려온 건 사사키에몽이었다. 공을 독차지하기 위한 아베의 거짓말이었다. 그 모습이 뻔뻔했지만, 종부는 아무 말도 하지 않았다.

"네 덕분에 내가 살아남았구나. 네게 상을 내리마."

"감사합니다. 주군! 주군의 은덕에 꼭 보답하겠습니다!"

아베는 이마를 바짝 바닥에 대며 연신 절을 했다.

영주는 됐다는 듯 손을 저었다. 그러고는 종부를 쳐다봤다.

"의원님은 가지고 싶은 게 있는가?"

"당신의 부하들이 내 아들과 한 약속이 있소. 그 약속을 지켜주길 바라오."

"약속? 무슨 약속을 말하는 건가?"

다시 왜인 하나가 영주의 귀에 대고 뭐라고 속삭였다. 그의 말을 듣던 영주가 허, 하고 코웃음을 쳤다. 영주는 신하들을 사납게 노려봤다. 그 눈빛에 신하들이 면목 없다는 듯 고개를 숙였다.

"뭔가 오해가 있나 보군."

"오해라? 무슨 오해를 말하는 겁니까?"

"네 이놈! 영주님께 건방지게 말하는구나!"

아베가 소리쳤다.

"됐다. 애초에 너희가 일을 제대로 처리했으면 이런 일도 없었을 것 아니냐."

아베를 말리는 듯 말하면서도 영주는 눈을 부릅뜨며 종부를 노려봤다. 신하들도 영주의 눈치를 보는 듯 입을 꾹 닫았다. 방 안에 침묵이 내려앉았다. 그 침묵을 깬 것은 영주의 웃음소리였다.

"여태까지 많은 무사를 만났지만, 그중에서도 당신처럼 용감한 자는 본 적이 없다. 정말 의원인 건가? 대담한 것이 용사와 같구나. 내가 두렵지는 않은가?"

영주의 말에 종부는 두려움에 대해서 생각했다. 종부도 두려움이 무엇인지는 알았다. 파괴당하는 것이 두려웠던 때가 있었다. 그러나 언젠가부터 그 두려움은 다른 형태로 바뀌어 갔다. 몸이 파괴당하는 것은 중요하지 않았다. 수행해야 할 임무도 중요하지 않았다. 자신의 가족을, 친구를, 정을 나눈 사람들을 잃는 것을 더욱 두려워하게 되었다. 종부 자신도 예측하지 못한 변화였다. 종부는 만들어진 의도와는 전혀 다른 존재가 되었다. 그렇기에 종부는 눈앞의 영주가 두렵지 않았다.

"나는 내 환자에게 두려움을 느끼지 않소."

종부의 대답에 영주는 흐흐 웃었다.

"건방지군. 이전에 내 앞에서 너보다 더 공손하게 말하고도 죽은 이들이 있었다. 우리 땅에서 태어났으면 용맹한 무사가 되었을 텐데 이 조선 땅에서 태어나 의원이 되었군."

영주는 아깝다는 듯이 혀를 끌끌 찼다.

"아깝구나. 이 땅의 평화가 칼을 차야 할 장사를 약이나 달이는 나약한 자로 만들었구나."

종부는 의원을 무사보다 낮추는 영주의 말을 이해할 수 없었고 이해하고 싶지도 않았다. 언젠가 사사키에몽이 영주는 말석의 무사에서 한 영지의 영주로 입신양명을 했다고 알려준 적이 있었다. 종부는 견고한 신분제의 계급에서 스스로 올라선 자의 자신감을 어느 정도는 이해할 수 있었다. 영주에게 무릇 사내란 용기 있어야 했고 용기 있는 사내는 무사가 되어야 했다. 그런 인간들을 많이 봐왔기에 종부는 영주의 태도가 새삼스럽게 느껴지지도 않았다.

"미안하지만 내 부하들이 한 약속을 당장은 지킬 수 없을 것 같군. 겨울이 오면 우리에게는 머물 성이 필요한데, 성을 만들기 위해선 조선인이 필요하다. 성을 다 쌓고 나면 괜찮을 것이다. 조선인들은 그때 다 풀어주지."

종부는 영주가 그 약속을 지키지 않을 것을 잘 알았다. 그저 사람을 치료할 줄 아는 종부를 붙잡을 구실이 필요한 것이었다. 뻔히 지키지 않을 약속으로도 종부를 붙잡을 수 있음을 영주는 한눈에 알아챘다. 영주에겐 인간의 약점을 한 번에 꿰뚫어 보는 통찰력이 있었다. 영주의 기만을 눈치챘음에도 종부는 그의 말에 구속당할 수밖에 없었다. 종부는 그런 존재였다. 그것이 숙명이고 한계였다.

종부는 영주의 말에 알겠다는 듯이 고개를 끄덕였다. 영주는 방금까지 불편했던 심기는 잊어버린 듯 만족스럽게 웃음을 터뜨렸다. 신하들이 아부하듯 영주를 따라 크게 웃기 시작했다. 종부는 그 웃음소리에서 물이 담긴 그릇을 떠올렸다. 물방울이 한 방울씩 그릇으로 떨어진다. 그릇 속의 물이 흘러넘칠 듯이 출렁거린다. 아슬아슬하게 고여 있던 물이 흘러넘친다면 모든 것이 바뀔 것이다. 지금은 참고 견딜 때이다. 이 시대의 사람들이 그러하듯이 종부 또한 참고 견디는 것에는 이골이 나 있었다.

*

며칠 더 휴식을 취한 영주는 성을 쌓는 걸 보겠다며 자리에서 일어났다. 그리고 성을 쌓는 현장에서 조선인 다섯 명의 목을 베게 했다. 종부와 갑진은 다른 조선인들을 진료하는 중에 그 소식을 들었다. 소식을 전한 이는 죽은 다섯의 이름을 말했다. 모두 종부가 치료한 자였다. 종부가 노력해 살려놓은 생명이 그저 한 인간의 변덕으로 허무하게 스러져버렸다.

"그들이 왜 죽은 겁니까?"

종부가 물었다.

"돌을 쌓는데 굼떠 보인다는 이유로 죽였습니다."

소식을 전한 이가 눈물을 흘리며 말했다.

"우리를 벌레처럼 죽이는구나."

병상에 누워 있던 환자가 탄식했다.

깨어난 영주는 진지를 돌아다니며 땅에 떨어진 곡식을 주워 먹는 닭처럼 온갖 것을 쪼아댔다. 하지만 닭이 쪼아대봤자 맨땅에 구멍을 뚫는 것이 전부라면, 영주는 가는 곳마다 크든 작든 반드시 피가 흐르도록 만들었다.

원래부터 영주를 따르던 병사들은 그 성정을 잘 알았던 건지 그의 눈에 띄지 않으려 조심하면서도 막상 다른 모든 것에 대해서는 영주처럼 모질게 대했다. 그 덕에 애꿎은 조선인들이 더 많은 피를 봤다.

영주는 경계를 잘못 선 병사를 진지 한가운데에서 매질했다. 배가 고파서 창고에서 쌀 한 줌을 훔친 병사를 말뚝에 묶어두고 며칠 동안 먹을 것을 주지 않았다. 병사는 굶주림을 이기지 못하고 쓰러졌다. 종부는 그에게 쌀뜨물을 마시게 해 목숨을 보전하도록 했다. 영주는 조선인들이 먹고 있던 얼마 되지 않는 식량도 줄여버렸다. 제대로 먹지 못한 자들이 성을 쌓는 현장에 돌아다니다 높은 곳에서 현기증을 느끼고 나르던 큰 돌과 함께 아래로 떨어졌다. 벼랑으로 떨어졌다면 혼자만 죽었겠지만, 다른 사람이 있는 방향으로 쓰러질 때가 잦아 여러 목숨이 부지불식간에 사라졌다. 종부는 매일 깡말라가는 조선인 환자들을 돌봤다. 그들은 건강을 회복하기는커녕 병상에서 잠들었다가 영영 깨어나지 못하기도 했다.

"당신이 그놈을 살렸기에 우리가 죽어 나가는 것 아니요!"

어느 날 한 환자가 종부에게 소리쳤다. 그 말에 다른 환자를 돌보고 있던 갑진이 벌떡 일어섰다.

"뭐라고 했느냐! 그게 네놈을 살려준 아버님에게 할 소리냐!"

"웃기는 소리! 사람을 해치는 야차를 살려놓았다면 그건 의원이 아니라 야차의 부하지!"

"네 이놈! 무슨 말을 하는 거냐!"

"너희 두 놈은 조선인을 수없이 죽인 왜적들을 살려놨어! 저 밖의 조선인들이 안다면 왜병의 앞잡이라고 너희 두 놈의 목을 벨 것이다!"

"이놈이!"

분노한 갑진이 그 환자에게 달려가려고 했다. 종부가 손을 들어 갑진을 막았다.

"갑진, 환자에게 소리를 지르지 마세요."

"아버님! 저놈이 아버님에게 무슨 소리를 하는지 듣지

않았습니까!"

홍분한 갑진이 고래고래 소리쳤다.

"환자입니다. 몸이 아픈 이는 감정을 제대로 다루지 못하는 법입니다."

"무슨 일이냐!"

경계를 서던 왜병이 천막으로 들어왔다. 왜병이 들어오자 성을 내던 환자가 입을 닫고 종부의 눈치를 살폈다.

"아무것도 아니오. 환자가 몸이 아파서 정신이 멀쩡하지 않소."

"미친놈이라면 베는 게 더 낫지 않은가?"

왜병이 허리에 찬 칼집을 매만지며 물었다. 영주가 깨어난 이후 왜병들은 더욱 포악해져 쉽게 사람을 베었다. 종부는 고개를 저었다.

"치료하면 나을 병이오."

종부의 말을 들은 왜병이 미심쩍다는 듯이 환자들을 둘러보다가 천막 밖으로 나갔다. 천막에 있던 이 모두가 한숨을 내쉬었다.

"환자가 그렇게 화를 내면 몸에 좋지 않소."

종부가 성을 내던 이에게 말했다.

"당신은 화나지도 않소?"

환자가 종부에게 물었다.

"화? 화가 날 때도 있소. 하지만 환자에게 화를 내지는 않소."

종부의 말에 환자가 고개를 푹 숙였다. 그리고 얼굴을 벽 쪽으로 돌리고 모로 누웠다.

잠시 후, 종부가 그를 살피니 환자는 어깨를 흔들며 흐느끼고 있었다.

10
종부

　영주는 이제 음식을 탐하기 시작했다. 병들었을 때 먹던 죽은 입에도 대지 않았다. 매일 흰쌀밥과 고기를 찾았다. 영주의 신하들은 고기를 얻기 위해서 산으로 사냥을 가거나 멀리 전라도에서 소를 약탈해 오기도 했다. 영주는 그렇게 얻은 음식들로 연회를 열었다. 영주에게 바칠 고기를 굽는 냄새가 진지를 휘감았다. 왜병들은 코를 벌름거리며 고기 한 점이라도 얻어먹으려 고기를 굽는 장소로 모여들었다. 수용소에도 그 냄새가 퍼졌다. 조선인들은 고기 굽는 냄새에 예전에 음식을 먹던 순간을 추억하며 잠깐 즐거워했지만, 곧 자신들의 처지를 생각하곤 서로를 붙잡고 통곡했다.

종부가 처음 이곳에 왔을 때 있던 사람들 중 많은 이가 죽었다. 하지만 죽은 사람보다 더 많은 사람을 왜병들이 잡아 왔기에 수용소의 포로 수는 갈수록 더 늘어만 갔다. 그런 수용소에는 병이 퍼지기 좋았다. 병균은 사람을 가리지 않았으므로 왜병도 조선인도 병에 걸려 죽어갔다. 오직 영주만이 잘 먹어 살이 쪘다. 종부는 나날이 살이 찌는 영주를 볼 때마다 그가 죽은 이의 살을 먹으며 생명을 얻는 것처럼 느끼기까지 했다.

"아버님, 모든 게 후회됩니다."

종부와 함께 들판에서 약초를 캐던 갑진이 왜병의 눈치를 보며 말했다. 종부는 갑진의 얼굴을 쳐다봤다. 지난 며칠 동안 갑진은 힘들어했다. 제대로 자지 못해 눈 밑이 검게 변해 있었다. 무엇을 고민하는지 알고 있음에도 종부는 자신이 해줄 수 있는 게 아무것도 없다는 것이 그저 미안하기만 했다.

"아버님이 저에게 같이 도망치자고 한 건, 일이 이렇게 될 줄 아신 겁니까?"

"아니요, 갑진. 저는 이런 일이 벌어질 줄 몰랐습니다. 그저 당신이 위험한 곳에 있기를 바라지 않았을 뿐입니다."

"아버님…."

"갑진. 원칙이란 말하기는 쉬워도 지키기는 어렵습니다. 다친 자를 외면하고 싶지 않아 하는 갑진의 마음을 알

고 있습니다. 그걸 가르친 게 저지요. 하지만 갑진과 저는
다릅니다. 저는 다친 사람과 제게 도움을 요청하는 사람
의 부탁을 거절하지 못하는 천성을 가지고 있습니다. 그
천성 덕분에 많은 것을 얻기도 했지요. 하지만 제가 그것
을 지키려고 노력한다고 해서 갑진까지 꼭 따를 필요는
없습니다. 인간에게 원칙을 지키는 일은 때로는 어렵고
위험한 일입니다. 어떤 일에도 목숨을 바칠 필요는 없습
니다."

"저는 아버님의 가르침대로 하고 싶었습니다."

"나무라는 것이 아닙니다. 그저… 당신을 잃고 싶지 않
을 뿐입니다. 주선처럼요."

종부의 말에 갑진은 고개를 숙이고 흐느꼈다.

"죄송합니다, 아버님. 제가 어리석었습니다."

"여기에서 벌어지는 일은 당신의 잘못이 아닙니다. 사
람의 죽고 사는 일은 하늘의 뜻이니 사람을 모두 구하지
못한다고 하더라도 자책하지 마세요."

종부는 아주 오래전에 스승이 했던 말을 갑진에게 들려
주었다. 그러나 곧 종부와 갑진을 감시하던 왜병의 호통
이 떨어졌다.

"거기서 무슨 얘기를 하는 거냐!"

이제 영주는 종부가 밖으로 나갈 때마다 사사키에몽이
나 그의 동향인 왜병들 대신에 다른 왜병들을 붙였다. 사

사키에몽과 그의 동료들이 종부를 감시의 대상으로 여기지 않고 종부의 일을 도우며, 날이 더워지면 그늘에서 쉬거나 자기들 말로 노래를 부르기까지 한 탓이었다. 그들 대신 온 왜병들은 눈빛이 매섭고 표정도 완고했다. 종부를 거칠게 대하지는 않았지만, 감시에 집중할 뿐 어떤 교류도 하려고 하지 않았다.

"왜병들이 날이 갈수록 사나워집니다. 전에도 사람 목숨을 파리목숨처럼 여겼지만 그래도 산 사람은 사람 취급이라도 했는데, 저놈들의 대장이 돌아오니 다들 야차가 되어버린 것 같습니다. 매일 살얼음판을 걷는 기분입니다."

갑진이 슬퍼하며 말했다.

"저들도 자신들의 대장을 두려워하고 있습니다. 저렇게 행동하지 않으면 대장의 눈에 벗어나지요. 그건 목숨까지 위협받는 일일 겁니다."

종부가 말했다.

"영주가 저희를 죽이지 않는다고 해도 다른 조선인들을 모두 죽인다면, 우리가 살아서 무엇을 하겠습니까. 사람들이 이 사실을 알면 우리를 보고 뭐라 하겠습니까. 부끄러워 얼굴을 들고 살 수 없을 겁니다."

갑진이 울적하게 말했다. 종부는 아들의 얼굴을 쳐다봤다. 갑진의 얼굴 근육이 미세하게 변하는 모양을 보고 종부는 그가 이 문제를 오래 고민했다는 걸 깨달았다. 종부는 갑진의 어깨를 토닥였다.

"갑진, 괜찮을 겁니다. 하늘이 무너진다고 해도 당신은 내가 꼭 지킬 겁니다. 부족한 아비인 내가 당신에게 하는 약속입니다. 마음이 아프더라도 죽지만 마세요. 그게 지금 내가 당신에게 하는 유일한 부탁입니다."

종부가 갑진에게 속삭였다. 갑진은 잠시 흐느끼다가 대답했다.

"알겠습니다."

*

종부와 갑진은 캔 약초를 망태에 넣어서 진지로 가져갔다. 영주는 정도의 차이만 있을 뿐 같은 왜병들에게도 가혹했다. 특히 사사키에몽과 그의 동향 병사들이 따로 모여 기도하는 것을 금지했다. 영주와 한때 대적했던 이웃 영주가 그들과 같은 키리시탄이었다는 이유였다. 영주는 그에게 패해서 크게 치욕을 당했다고 했다. 사사키에몽은 영주의 명령에 크게 낙담한 것 같았다.

영주는 진지의 한가운데에 형틀을 가져다놓았다. 군기를 어지럽히거나 영주의 심기를 상하게 한 왜병들이 그곳에서 벌을 받았다. 왜병들은 공개된 자리에서 매를 맞거나 두꺼운 나무기둥에 오랜 시간 묶여 있었다. 그래도 조선인들보다는 사정이 나았다. 영주는 아무리 사소한 잘못을 했더라도 조선인이면 바로 죽였다.

오늘도 진지의 한가운데에는 태형을 선고받은 왜병들이 나무기둥에 묶여 있었다. 왜병들이 벌을 받을 동료들을 둘러 싸고 침을 뱉으며 야유하고 있었다.

여섯 개의 나무기둥에 병사들이 한 명씩 묶여 있었다. 얻어맞아 피투성이가 된 병사들의 낯이 익었다. 묶여 있던 이들 중 하나가 고개를 들어 종부를 쳐다봤다. 종부를 보곤 뭐라 말하려는지 입술을 들썩거렸다. 사사키에몽이었다.

그를 보고 놀라서 튀어나가려는 종부의 어깨를 누군가가 붙잡았다. 아베였다. 평소와 다르게 차분한 표정을 지은 아베가 고개를 저었다.

"저이가 왜 저렇게 된 거지?"

종부가 물었다.

"저놈들은 영주님의 명령을 거스르고 숨어서 기도하고 있었다. 그걸 누군가가 영주님에게 고했다."

"겨우 그 정도의 이유로?"

"그 정도의 이유라고? 하!"

아베가 가소롭다는 듯이 혀를 찼다.

"여기에서 그보다 가벼운 이유로도 죽는 이가 얼마나 많은지 아느냐? 무사는 마땅히 영주의 명에 복종해야 한다. 거기엔 어떠한 의문도 있어선 안 된다."

"나는 무사가 아니다."

종부가 말했다.

"그래, 무사도 아닌 네놈이 이 일에 신경 쓸 필요는 없다, 이거야. 그러니 여기서 꺼지고 네가 하던 치료나 마저 하시지."

그리고 아베는 히죽 웃으며 덧붙였다.

"물론 네놈이 조선인들을 치료해봐야 나중엔 우리가 모조리 죽이겠지만 말이야."

"그랬군. 너희는 여기 있는 조선인들을 모두 죽일 생각이었던 거야."

"맞아! 넌 정말 멍청하군. 성을 모두 쌓으면 조선인들은 쓸모가 없으니 모두 죽일 거야! 하지만 영주님을 살린 네놈이랑 아들은 예외일 테니 걱정하지 말라고."

아베는 웃기 시작했다.

종부의 마음속에서 특정한 신호가 발생했다. 종부는 그게 자신의 분노에서 촉발된 신호라는 것을 알아챘다. 불안한 표정으로 종부에게 다가오는 갑진에게 종부가 말했다.

"갑진, 어서 어디에 가서 숨어 있으세요. 저와 멀리 떨어지세요!"

"아버님⋯."

"어서요."

종부가 재촉하자 갑진이 입술을 꽉 깨물더니 머물던 숙

소로 뛰어갔다.

"어이. 너희 두 놈, 뭐라고 속닥거린 거냐."

조선말을 알아듣지 못한 아베가 캐물었다. 종부는 그 말을 무시하고 묶여 있는 사사키에몽 쪽으로 걸어갔다. 무시당한 아베가 뒤에서 다시 어이! 하고 소리를 질렀다.

종부가 다가오자 사사키에몽은 퉁퉁 부어오른 눈을 들어 종부를 쳐다봤다.

"아아. 예수님! 예수님!"

"사사키에몽, 지금 무엇을 보고 있는 겁니까?"

사사키에몽은 종부의 얼굴을 마주하고 있었지만, 종부의 얼굴이 아닌 다른 것을 보는 것 같았다.

"예수님, 저는 당신과 함께하고 싶습니다, 예수님."

"꿈을 꾸고 있는 거군요. 당신은 지금 꿈속에서 당신의 신과 마주하고 있군요."

종부는 손을 뻗어 사사키에몽의 얼굴을 쓰다듬었다. 종부는 오랜 의원 생활의 경험을 통해서 사사키에몽의 생명이 서서히 사라지고 있음을 알 수 있었다. 치료해도 소용없을 것이었다. 너무나도 모진 육체적 학대를 받은 그에게 종부가 할 수 있는 건 조금이라도 인간적으로 세상을 떠날 수 있게 나무기둥에서 풀어주는 것이었다. 종부는 사사키에몽의 몸을 구속한 밧줄을 손으로 잡아 끊었다. 밧줄에서 풀린 사사키에몽의 몸이 바닥으로 풀썩 쓰러졌다. 종부는 쓰러지는 그의 몸을 받아 조심스럽게 바닥에 앉혀 뉘었다. 뒤에 있던 아베가 놀라서 소리쳤다.

"뭐 하는 거야? 어서 저놈을 끌어내!"

누군가가 종부의 어깨를 잡았다. 그 순간 종부는 신호가 임계치를 넘었다는 걸 깨달았다. 동시에, 평소에는 사용이 제한되었던 종부의 기능이 활성화되었다.

종부는 뒤돌아 자신의 어깨를 잡은 왜병의 팔을 당겨 끌은 후 그를 부드럽게 던졌다. 동작은 가벼웠지만, 던져진 왜병의 몸은 허공에 떠오르더니 곧 천막의 지붕 위로 추락했다. 왜병이 내지른 비명에 주위가 삽시간에 조용해졌다. 모두가 그가 떨어진 쪽을 쳐다보고 있었다. 종부는 조용히 아베 쪽으로 걸어갔다. 아베의 몸이 굳었다.

"뭐가 그렇게 재미있지?"

종부가 물었다.

"뭐…? 뭐?"

되묻는 아베의 목소리가 떨렸다.

"저들이 저런 비참한 일을 당하는 게 즐거운가?"

아베는 아무 말도 하지 못했다. 종부가 말을 이었다.

"너는 조선인을 죽이겠다고 하면서도 계속 웃더군. 인간을 죽이는 게 재미있는가?"

아베와 왜병들은 아직 자신들의 눈을 믿지 못하는 듯했다. 소란스러웠던 진지에 순식간에 침묵이 내려앉았다. 종부는 나무기둥에 묶여 있던 왜인들을 풀어주었다. 그들이 차례차례 풀려나고 있어도 왜병들은 아무도 움직일 생각을 하지 못했다. 풀려난 왜인들의 몸 상태는 사사키에몽을 제외하고는 대부분 괜찮았다. 적어도 당장 죽지는 않을 것 같았다.

"지금 저는 당신을 따라 걷습니다. 저의 소망은… 당신을 따라가는 것입니다…."

사사키에몽이 한 손을 앞으로 뻗은 채 중얼거리고 있었다. 그리고 힘겹게 몸을 일으키고는 발을 앞으로 내디뎠다. 이 자리에서 그의 말을 정확히 알아들은 건 종부밖에 없었다. 종부는 그를 위로해주고 싶었다. 기만일지라도 그의 소망을 이루어주고 싶었다. 종부는 앞으로 뻗은 사사키에몽의 뻣뻣한 손을 붙잡고 자신의 본능이 시키는 대로 말했다.

"내가 여기에 있습니다. 여기에서, 당신을 기다리고 있었습니다."

종부의 말을 들은 사사키에몽은 환한 미소를 지었다. 바닥으로 털썩 쓰러지려 하는 그의 몸을 종부가 받았다. 사사키에몽의 숨이 멈췄음을 확인한 종부는 그의 몸을 바닥에 조심히 내려놓았다.

주변의 왜병들은 그 모든 것을 보면서도 움직이지 못하

고 있었다. 그들도 무엇인가가 일어나고 있다는 것을 본
능적으로 알았다. 종부는 딱딱하게 굳어 있는 아베를 쳐
다보며 말했다.

"이제 모든 증거가 수집되었다."

종부의 말을 알아듣지 못한 아베가 물었다.

"그게 무슨 소리냐?"

"내가 너희들을 막을 수 있게 되었다는 뜻이다."

그렇게 답한 후 종부는 영주가 머무는 숙소를 향해 걸
어갔다. 병사들은 종부의 힘에 놀란건지 그가 걸어가는
걸 바라만 봤다.

영주의 숙소 앞에 있던 보초병들이 창을 겨누며 종부를
막아섰다. 종부는 창의 끝을 잡아끌어 빼앗은 후 허공으
로 던졌다. 종부의 힘에 가속을 받은 창이 허공으로 높이
날아 사라졌다. 두 보초병이 입을 벌리고 그 모습을 바라
봤다. 그중 하나가 금방 정신을 차리고서 종부를 몸으로
라도 막으려고 했으나, 종부는 덤벼오는 병사의 명치에
빠르게 주먹을 꽂아 넣었다. 강한 충격에 병사가 기절했
다. 다른 하나는 그 모습을 보고 겁에 질려 선 자리에 굳
어버렸다.

왜병의 군기가 엄하다고 했지만, 종부의 모습에 넋이
나간 것을 보니 그 위명이 다 사실은 아닌 모양이었다.

종부는 영주의 숙소로 들어갔다. 영주가 머무는 방 쪽

에서 남자가 혐오스럽게 웃는 소리와 여인의 흐느끼는 소리가 들렸다. 웃는 소리가 누구의 것인지 종부는 잘 알았다. 병에서 몸을 회복한지 얼마나 되었다고 영주는 벌써 여자를 탐했다.

종부가 때맞춰 맘대로 분노에 따른 기능을 쓸 수 있었다면 여태까지 이 진지에서 죽은 이들을 살릴 수도 있었을 터였다. 하지만 종부를 만든 미래의 인간들은 많은 힘을 주는 만큼 제약을 걸었다.

종부의 분노가 촉발되기까지는 제한이 많았지만, 분명히 임계선이 존재했다. 종부와 갑진이 진주까지 오면서 겪은 위험은 왜병만이 아니었다. 산에는 위험한 산짐승들이 돌아다녔다. 짐승들은 버려진 마을까지 내려오고는 했고, 흩어져 따로 다니는 사람들을 겁내지 않았다. 피난민들을 노리는 조선인 산적들도 역병처럼 창궐했다. 산적들은 대부분 굳이 사람까지 해치려고 하지는 않았지만, 악독한 이들은 물건을 훔치는 것보다 남의 목숨을 해치는 것을 더 즐겼다. 종부와 갑진도 그런 이들과 한 번 마주쳤다. 산적들이 갑진의 목숨을 위협했을 때 종부의 특별한 기능이 작동해 산적들을 제압할 수 있었다. 왜병과 마주쳤을 때 그들이 종부를 공격했다면 종부는 그들을 물리치고 갑진과 함께 고향으로 돌아갈 수 있었을 것이었다.

"영화에도 나온 말인데, 큰 힘에는 그만큼의 책임도 따른다. 몰라?"

아주 오래전의 미래에서 그를 만든 인간이 말했었다.

그 제약이 사사키에몽의 모습을 보고 풀릴 거라고는 종부도 예상하지 못했다.

종부는 영주가 있는 방문을 열어젖혔다. 갑자기 찾아온 종부의 모습에 영주는 화들짝 놀랐다. 딱 봐도 앳되어 보이는 조선인 소녀가 그 자리에 있었다. 소녀의 모습이 종부의 분노에 기름을 부었다. 종부의 발치에 여자아이가 입었던 옷가지가 놓여 있었다. 종부는 그 옷을 여자아이에게 던져주었다.

"어서 옷을 입고 여기서 나가세요."

종부의 말에도 여자아이는 공포와 수치심에 뒤범벅되어 몸만 떨 뿐 일어서지는 못했다. 종부가 다시 한 번 재촉하자 여자아이는 그제야 옷을 주워 입고 방에서 뛰쳐나갔다. 영주는 고래고래 소리를 지르며 병사를 불렀지만, 밖에선 아무도 오지 않았다.

"그 여자아이를 범하려고 병사들을 모두 물린 겁니까?"

종부가 물었다.

"네 이놈, 너는 이제 죽은 목숨이다!"

영주가 소리쳤다. 하지만 벌거벗은 이가 외쳐봤자 위엄이 있을 리 만무했다.

"먼저 옷부터 입는 것은 어떻습니까?"

"네놈의 살가죽을 벗기고 목을 자르겠다. 네 아들놈도 같은 꼴로 만들 것이다!"

"유감스럽게도 내 살가죽은 나노로봇이 변형된 형태라 벗기더라도 금방 다시 재생됩니다. 만약 당신이 내 아들을 죽인다면 저도 제가 어떻게 변할지 모르겠습니다."

영주는 상황이 이상하다는 걸 눈치챈 모양인지 종부의 말대로 옷을 주워 입기 시작했다. 영주가 옷을 다 입자 종부가 다시 말했다.

"과거로 간 로봇 중 대다수가 귀환하지 못하자 미래의 인간들은 과거로 보낼 로봇을 튼튼하게 만들기 시작했습니다. 현실 사회에선 윤리 규정이나 규제로 장착하지 못하는 기능을 로봇에게 장착했죠. 그중에는 군용 로봇에게나 장착되는 기능도 있습니다. 그 덕에 저는 인간의 기준으론 괴물에 가까운 힘을 발휘할 수도 있게 되었습니다. 물론 저는 로봇이니 그 힘을 제 마음대로 사용하지는 못합니다. 많은 힘에는 그만큼의 책임도 따르는 법이니까요."

"여봐라, 거기 아무도 없느냐! 어서 이 조선놈을 죽여라!"

로봇은 통상적으로 인간에게 폭력을 가하지 못한다. 군용 로봇에게도 적용되는 이 원칙은 종부에게도 마찬가지의 일이었다.

"미래의 군용 로봇이 인간을 얼마나 우아하게 제압하는지 상상이 되나요? 당신들 왜인처럼 아무 이유 없이 인간을 죽이는 건 미래에선 철저하게 금지되어 있습니다. 그것이 인간이라면 마땅히 지켜야 할 윤리니까요."

"이 미친놈이 헛소리를 지껄이는구나."

로봇의 기본적인 윤리 원칙은 로봇이 인간에게 위협당하는 상황에서도 적용된다. 로봇은 인간이 자신을 해치려고 해도 반항할 수 없다. 최선을 다해서 회피할 수는 있지만, 그들과 맞서 싸울 수는 없다. 미래인들은 많은 로봇이 과거로 파견되어 돌아오지 못하는 건 이러한 한계 때문이라고 판단했다. 그렇다고 섣부르게 로봇의 윤리 원칙을 수정하지는 않았다. 윤리 원칙의 수정은 역사의 대대적인 변화를 초래할 가능성도 있기 때문이었다. 로봇이 인간에게 폭력을 가할 수 있는 예외적인 상황은 인간이 다른 인간에게 폭력을 가할 때뿐이다. 폭력의 수준에 따라서 로봇은 단계적으로 대응한다. 가벼운 신체 접촉에서부터 중대한 살인의 위협까지, 대다수의 경우 로봇은 가해자를 제지하는 정도로만 개입한다.

"로봇이 인간의 폭력에 적극적으로 개입하는 경우는 단한 경우입니다. 그게 어떤 상황인지 아십니까?"

종부가 영주에게 물었다. 종부의 물음에 영주는 눈을

부라리며 소리쳤다.

"미친놈!"

숙소 바깥에서 사람들이 분주하게 움직이는 소리와 함께 "서둘러!", "가서 조총을 가져와!" 등의 외침이 들려 왔다.

종부는 하나도 신경 쓰지 않고 이야기를 이어나갔다.

"바로 계획적인 학살이 일어나는 경우입니다. 그 경우 로봇들은 자신이 할 수 있는 모든 수단을 동원해 학살을 자행하는 집단을 무력화시킵니다."

영주는 자신의 검을 찾으러 주변을 두리번거렸다. 병사들이 영주의 숙소로 조심스럽게 들어오고 있었다. 그들이 내딛는 나무 장판이 삐걱거리는 소리를 들은 종부는 그들이 갑옷으로 완전히 무장했다는 걸 알 수 있었다.

"당신들은 현재 조선인들을 계획적으로 학살하고 있습니다. 이전부터 저는 그러한 폭력의 징후를 계속 관찰했고 이제껏 수집한 증언과 증거에 의거하여 당신이 중대한 학살행위를 일으켰다고 바로 이 순간 판단을 끝냈습니다. 이는 로봇의 윤리규칙을 전면적으로 거스르는 일이며 저는 로봇의 윤리규칙에 의거하여 당신의 집단적 학살행위를 제지할 수밖에 없음을 천명하는 바입니다."

부하들이 가까워짐을 눈치챈 영주는 이제 안심한 듯했다. 여유를 되찾은 영주는 흥분을 가라앉히고 종부를 노려봤다.

"그러면 의원 나리, 내가 어떻게 하면 되겠는가?"

영주의 물음에 종부는 미소 지었다. 영주는 상황에 어울리지 않는 종부의 환한 미소에 불안한 듯 몸을 굳혔다.

"서로 불쾌한 사건을 겪을 필요는 없습니다. 당신이 부당하게 억류한 조선인 모두를 풀어주고, 여태까지 저지른 죄에 대해 하늘이 내릴 심판을 기다린다면 적어도 지금은 아무 일도 겪지 않을 것입니다."

종부의 말에 영주는 소리 내어 웃기 시작했다.

"예전에는 네놈의 그런 모습이 용기 있는 것인 줄 알았는데 그냥 미친 것이었구나. 여봐라!"

영주는 종부의 뒤로 다가온 병사들에게 소리쳤다.

"이놈의 목을 베어라!"

영주의 말에 종부는 그럴 줄 알았다는 듯 고개를 끄덕였다.

"정말 인간들이란 예상과 한 치도 다를 바 없이 행동하는군요."

종부의 뒤쪽으로 다가온 병사가 고함을 지르며 검을 휘둘렀다.

11
—
종부

먼저 종부는 검을 내리치는 왜병의 공격을 옆으로 흘리고는, 중심을 잡지 못하고 휘청이는 왜병의 검날을 한 손으로 붙잡고 힘을 주었다. 아무리 잘 벼린 검이라 봐야 중세시대의 철제기술로 만들어진 것이었다. 검에 순간적으로 금이 가더니 요란한 소리를 내며 으스러졌다.

다른 왜병들이 칼을 겨누고 종부에게 돌진했다. 종부는 쇄도하는 공격을 피하고 손날로 반격해 왜병을 제압했다. 로봇의 힘을 버티지 못한 병사들이 비명을 지르며 기절했다.

몰려 들어와 칼을 휘두르는 병사들을 종부는 차근차근 제압했다. 대략 열 명 정도를 제압하자 병사들이 더는 들

어오려 하지 않았다. 종부는 밖의 상황을 살피러 입구 쪽
으로 얼굴을 내밀었다. 쾅! 하는 소리와 함께 종부 쪽으로
콩알 모양의 총알들이 날아들었다. 밖에서 대기하던 병사
들이 목을 내민 종부에게 조총을 발사한 것이었다. 종부
는 사격을 피해서 영주의 방으로 들어갔다.

"네놈! 도대체 정체가 뭐냐!"

영주가 칼을 종부에게 겨눈 자세를 취하고 있었다. 영
주의 벗어진 머리에는 식은땀이 흘렀고, 칼을 쥔 손도 떨
리고 있었다. 이를 본 종부가 물었다.

"지금이라도 항복할 생각은 없는 겁니까?"

"닥쳐라! 무사에게 감히 항복을 논하다니! 네놈에게 항
복하는 수치를 겪을 바에는 차라리 할복하겠다."

영주의 말에 종부는 한숨을 내쉬었다.

"왜인들은 생명을 너무나도 가볍게 여기는 것 같습니
다. 왜인의 땅에 전쟁이 잦은 걸 생각하면 이해 못 할 것
도 아닙니다만, 당신은 남들보다 더한 것 같네요."

종부는 어떻게 이 상황을 해결할까 고민했다. 영주는
겁에 질리긴 했지만, 체면 때문에 항복하지 않을 것 같았
다. 종부는 왜병들을 어느 정도 제압해야 이 상황이 끝난
다는 결론을 내렸다. 그러려면 우선 이 건물에서 나가야
했다.

바닥에 떨어진 투구 하나를 집어 든 종부는 그것을 방

밖으로 던졌다. 종부의 힘을 실은 투구는 대포알처럼 날아갔다. 동시에 총성이 울리며 총알이 건물의 벽에 박히는 소리가 들렸다.

"당신 부하들도 참 매정하군요. 당신이 여기에 포로로 잡혔는데 저렇게 무자비하게 공격하다니."

"당연한 일이다. 진정한 무사는 싸움이 시작되면 승리를 위해서 무엇이든 하는 법이지."

종부는 영주를 방패로 삼아 탈출할까 고민했지만, 그 과정에서 영주가 죽을 수도 있을 것 같았다. 상황을 조기에 종료시키려면 그래도 영주가 필요했다. 종부는 천장을 올려다봤다.

왜병들이 진을 건설하며 만든 목조 건물은 이곳, 영주의 거처밖에 없었다. 지붕은 목재로 덮어놓았는데 건설된 지 얼마 안 되어서 튼튼해 보였지만 종부의 힘이면 충분히 들어 올려질 것 같았다. 종부는 뛰어올라 기둥을 붙잡고 천장에 매달렸다. 종부가 힘을 줘 두드리니 천장의 한 부분이 쉽게 열렸다. 그 틈으로 종부는 밖의 상황을 살폈다. 완전무장한 왜병들이 활과 조총, 창과 칼로 건물을 몇 겹이나 포위하고 있었다. 잔뜩 긴장한 채 건물 앞에 진을 치고 있었지만, 막상 건물의 지붕에는 주의를 기울이지 않는 듯했다. 종부는 아래를 내려다봤다. 영주가 황급하게 도망치고 있었다.

"이보시오. 그냥 여기 안에 있는 것이 더 나을 것이오."

종부가 소리쳤지만, 영주는 서둘러 건물 밖으로 도망쳤다. 종부는 한숨을 내쉬었다.

"이래서 인간들이란."

종부는 천장의 열린 틈을 연달아 두드렸다. 곧 종부가 몸을 집어넣을 수 있을 정도로 틈이 벌어졌다. 그 사이로 몸을 통과시킨 종부는 건물의 지붕에 올라섰다. 동시에 건물 밖으로 뛰쳐나온 영주가 소리쳤다.

"지붕이다! 지붕에 놈이 있다!"

왜병들이 지붕 쪽을 쳐다보는 순간 종부는 허공으로 뛰어올랐다.

기능의 모든 제한이 풀리고 난 종부의 힘은 인간의 상식으로는 이해하기 힘든 수준으로 강해졌다. 종부가 새처럼 뛰어오른 걸 보고 왜병들이 어, 어, 하는 외마디를 지르며 당황했다.

왜병들의 한가운데에 떨어진 종부는 가장 가까이에 있는 이의 창을 빼앗아 다리 쪽으로 크게 원을 그리며 휘둘렀다. 반원을 그리기도 전에 창이 부러졌다. 동시에 창에 얻어맞은 열 명 남짓의 왜병이 사방으로 튕겨 나갔다. 튕겨 나간 이들이 비명을 질렀다. 종부는 부러진 창을 던지고, 땅에서 새 창을 집어 들었다. 종부는 다시 한 번 원을 그리며 창을 휘둘렀다. 이번에도 창은 반을 채 돌기도 전에 부러졌다.

순식간에 수십 명의 병사들이 제압당하자 왜병들은 얼굴이 새하얘졌지만, 전투에 익숙하기 때문인지 뒤로 물러서지 않고 재빠르게 종부를 포위하려 했다. 종부는 달려드는 왜병들의 창을 피해 가까이에 있는 천막으로 들어갔다. 종부의 눈에 천막을 지지하는 두꺼운 나무기둥이 보였다. 장정 넷이 간신히 옮겼던 기둥은 종부의 손으로는 회초리처럼 가볍게 들어 뽑혔다. 기둥이 뽑힌 천막이 무너져 내렸다. 무너지는 천막 사이로 두꺼운 갑옷을 입은 왜병이 장검을 들고 종부에게 돌진했다. 종부는 기둥을 휘둘렀다. 왜병이 검을 들어 기둥을 막으려 했지만, 몸이 검과 함께 통째로 허공을 향해 날아갔다. 나무기둥에 부딪힌 왜병의 뼈가 부서지는 소리가 났지만 죽지는 않았을 것이었다. 사실 지금의 종부에겐 인간의 부상은 아무래도 상관없는 일이었다.

종부는 기둥을 들고 뛰어올라 왜병들이 무리 지은 곳 한가운데로 뛰어들었다. 그러고는 기둥을 크게 휘둘렀다. 창과 달리 기둥은 부러지지 않았다. 다른 병사들이 종부를 향해 활과 조총을 조준했지만, 주변의 아군을 피해야 하는데다 종부의 몸놀림이 늑대처럼 빨랐기에 맞추지 못했다. 종부가 뛰어다니며 기둥을 스무 번 정도 휘두르자 멀쩡히 서 있는 왜병이 없었다.

종부는 기둥을 한 손으로 붙잡고 수직으로 세웠다. 기둥에 얻어맞고 튕겨 나간 왜병들이 고통에 비명을 지르고 있었으나 놀랍게도 죽은 이는 없었다. 다치지 않은 왜병들은 이제 넋을 잃고 종부를 쳐다보고 있었다.

"모두 무기를 버리시오."

종부기 소리쳤다.

종부의 말에 왜병들이 하나둘 무기를 버렸다. 칼과 창이 바닥에 떨어지며 요란한 소리를 냈다. 조금 떨어진 곳에서 활과 조총을 들고 있던 이들도 무기를 내려놓았다.

"감히 명령도 없이 무기를 버리는가!"

누군가가 소리쳤다. 종부가 소리가 난 쪽을 쳐다보니 갑옷으로 완전무장한 아베가 서 있었다. 아베는 날카롭게 벼려진 검을 위로 쳐들고 있었다. 그 칼끝에 한 사람의 등이 닿아 있었다.

"아버님."

갑진이 거기에 서 있었다.

"너! 거기에서 꼼짝도 하지 말고 서 있어라. 한 발자국만 더 움직이면 네 아들은 바로 죽을 것이다."

종부는 자신이 아베를 제압하고 갑진을 구할 수 있을지 조용히 셈했다. 불가능했다. 아무리 날래게 움직인다고 해도 아베가 갑진을 찌르기 전에 그 근처까지 갈 방법이 없었다. 종부는 아베의 말대로 움직임을 멈추었다.

"그래, 잘했다. 이제 그 나무도 내려놓아라."

"안 됩니다, 아버님! 그러지 마세요."

참으로 진부한 상황이었다. 그러나 종부는 이 진부한 상황에 저항할 수 없음을 잘 알았다. 종부는 갑진의 얼굴을 쳐다봤다. 아베의 말을 따르려는 종부를 보고 갑진은 겁에 질려 있음에도 연신 안 된다는 듯이 고개를 저었다. 종부가 무사하기를 바라는 것이었다. 갑진은 종부에게 자신의 목숨보다 갑진이 더 소중하다는 걸 몰랐다. 종부의 본능에서 기인한 마음이기도 했지만, 종부의 의지가 만들어낸 것이기도 했다. 종부의 본능과 의지는 때로는 충돌하기도 했지만, 이 순간만큼은 서로 같은 목표를 바랐다. 그 결과가 설령 모든 것을 포기하는 일이라고 할지라도 말이다.

종부는 들고 있던 기둥을 땅에 버렸다. 기둥에 떨어지며 둔탁한 소리가 났다. 그 소리에 다른 왜병들이 꿈에서 깨어난 듯 화들짝 놀랐다. 아베가 그들에게 소리쳤다.

"뭐 하는 거냐! 어서 무기를 들어! 저놈을 제압해!"

아베의 외침에 병사들이 엉거주춤 다시 무기를 들었다. 그러나 종부에게 창과 칼을 겨누기만 하고 쉽사리 접근하지 못했다.

"저놈을 무릎 꿇려라!"

용기를 낸 왜병 하나가 종부의 다리 쪽으로 힘껏 창을

찔렀다. 종부가 잠시 휘청거렸지만, 찔린 다리에는 생채기 하나 나지 않았다. 왜병들은 종부의 몸에 상처 하나 남지 않자 놀라기는 했지만, 그가 저항하지 않음을 알고 점차 대담해져 칼을 휘두르고 창을 찔렀다. 화살이 종부의 어깨를 향해 날아오기도 했다. 종부는 꼿꼿이 서서 그 공격을 온몸으로 견뎠다. 종부는 아베에게 잡혀 있는 갑진을 바라봤다. 이제 갑진은 눈물을 흘리고 있었다.

"기껏 인질을 잡아놓았더니 멍청한 짓만 하는구나."

영주가 소리치고는 볼썽사납게 도망치던 것을 만회하려는 듯이 얼굴을 굳히고 뚜벅뚜벅 종부 쪽으로 걸어 오더니 말했다.

"너! 어서 무릎을 꿇어라."

종부는 갑진의 얼굴을 흘깃 본 후 영주의 말대로 천천히 무릎을 꿇었다. 주변의 왜병들은 영주의 말 한마디에 종부가 무릎 꿇는 것을 보고 기막혀하기도 하고, 영주의 수완에 감탄하기도 했다. 영주는 자신의 말에 고분고분한 종부를 보고 헛웃음을 터뜨렸다.

"네놈이 아무리 귀신처럼 날뛰어도 결국 아비이기는 한 모양이구나."

"내 아들은 그냥 놓아주시오."

종부가 조용히 말했다.

"그 말을 내가 어떻게 믿느냐. 네 아들을 풀어주면 우리에게 어떤 일이 생길지 모르는데."

"지금 내 아들을 놓아준다면 나와 아들은 여기에서 조용히 떠나겠소. 난 뭇사람과는 다르오. 한번 한 약속은 반드시 지키오."

영주는 무언가를 잠시 고심하는 듯하더니 고개를 저었다.

"아니, 내게 더 좋은 생각이 있다. 여봐라! 가서 대검을 가져와라!"

영주의 외침에 병사 하나가 사람의 키만큼 큰 검을 들고 왔다.

"감히 내 병사들을 해치고도 무사하리라 생각했단 말이냐? 네놈의 목을 베야 마땅하지만, 너를 편히 죽게 할 수는 없지. 우선 네놈의 팔부터 베리라!"

"안 됩니다! 아버님!"

영주가 하려는 것이 무엇인지 알아챈 갑진이 발버둥쳤으나 아베가 얼굴을 주먹으로 때리자 충격을 받아 쓰러졌다. 아베는 쓰러진 갑진의 등을 밟아서 움직이지 못하게 했다. 갑진이 몸을 움직이며 바둥거렸지만, 아베는 더욱 강하게 그의 등을 눌러 제압할 뿐이었다. 영주가 그 모습을 보고 흐흐 웃었다.

"네놈에게 어떤 고통을 줄까 생각하니 기쁘구나. 네 아들을 네 눈앞에서 죽이는 건 어떨까?"

"그렇다면 나도 내가 어떻게 변할지 알 수 없소."

종부가 차갑게 뇌까렸다. 그 기세에 영주의 얼굴이 굳었지만, 종부는 자신이 패배했다는 것을 알았다. 그의 마음 깊숙이 자리 잡은 본능은 여태까지 그에게 많은 것을 얻게 해준 원동력이었다. 그러나 지금은 그에게 벗어던지고 싶은 한계를 주었다. 갑진을 구할 가능성이 거의 없다고 판단되자, 그의 본능은 모든 행동의 가능성을 없애버렸다. 그에겐 인간들처럼 삶에 대한 저돌성이 없었다. 모든 가능성이 사라지자 종부는 영주에게 부탁하는 수밖에 없었다.

"나를 없앤다고 해도 내 아들은 풀어주시오. 이것은 당신의 목숨을 구한 의원으로서 하는 부탁이오."

영주는 말없이 종부의 말을 듣고 있었다. 종부는 그가 어떤 생각을 하는지 짐작할 수 없었다.

왜병들은 칼로 베기 좋도록 종부의 왼팔을 길게 폈다. 대검을 다루는 왜병이 검을 높이 들고 종부의 팔을 내려쳤다. 잘리지 않았다. 왜병이 다시 칼을 내려쳤다. 세 번, 네 번, 다섯 번. 종부의 팔에 조그마한 생채기가 생겼다. 갑진이 차라리 자기를 죽이라며 울부짖었다. 생채기 쪽으로 계속해서 부딪던 검이 부러졌다. 영주가 새 검을 가져오게 했다. 검을 휘두르던 왜병이 지쳤기에 새로운 병사가 교대해 검을 잡았다. 다시 수십 번을 내려치자 종부의 상처가 깊어지기 시작했다. 하지만 상처에서는 피 한 방울 나지 않았다. 종부는 아무런 저항도 하지 않고, 신음 하나 내지 않고 그 모든 순간을 견뎠다. 처음에는 환호성 섞인 고함을 지르던 왜병들은 점점 말을 잃고 그 모습을 조용히 지켜봤다. 침묵이 내려앉은 진지에선 검을 내려치는 병사의 기합과 팔에 부딪는 검이 내는 둔탁한 소리만이 울려 퍼졌다.

수백 번의 시도 끝에 종부의 팔이 잘렸다. 병사가 잘라낸 팔을 들어 영주에게 가져갔다. 피 한 방울 흐르지 않았고 신경 다발이 거칠게 잘려나가 있는 팔을 살핀 영주가 그제야 무엇을 깨달았다는 듯이 아연하게 말했다.

"너는… 사람이 아니었구나."

종부는 대답하지 않았다. 팔이 잘리는 동안, 종부는 계속 누군가를 관찰하고 있었다. 특이한 이가 하나 있었다. 종부를 둘러싼 왜병들은 적의를 내보이거나 종부의 모습을 보고 두려움을 느끼기도 했다. 하지만 그자는 왜병들 중에서 유일하게 슬퍼하고 있었다.

두꺼운 갑옷을 입은 무사였다. 투구에 달린 얼굴가리개 때문에 얼굴과 표정은 보이지 않았고 그의 두 눈만이 보였다. 그의 투구 아래로 두 줄기의 액체가 흘러나왔다. 그 액체가 땀이 아닌 눈물이라는 것을 알았을 때 종부는 죽음의 공포도 잊고 호기심을 품었다. 종부는 그를 바라보

왔다. 무사도 종부가 자신을 보는 걸 눈치챘다. 종부와 무사는 서로의 눈을 들여다봤다.

종부의 팔을 살펴보던 영주가 무엇인가를 결심한 듯 조용히 말했다.

"생각이 바뀌었다. 저놈을 지금 당장 죽여야 한다. 당장 목을 베어라."

투구를 쓴 무사가 번쩍 손을 들었다. 영주가 고개를 끄덕이자 병사 하나가 그에게 대검 한 자루를 가져다주었다. 무사는 두 손으로 검을 받은 후 종부 쪽으로 천천히 걸어갔다. 무사는 작은 목소리로 무엇인가를 중얼거리고 있었다. 청력이 인간보다 발달한 종부는 그가 무슨 말을 하는지 알 수 있었다.

"신이시여, 저를 지켜주소서. 신이시여, 저를 지켜주소서."

종부는 무사가 누구였는지 알 수 있었다. 사사키에몽의 동료 중 한 사람이었다. 종부가 나무기둥에서 풀어준 후 그는 투구로 얼굴을 가리고 왜병들 사이에 끼어든 것이었다. 영주가 종부에게 엎드리라고 명령했다. 종부는 베기 좋도록 목을 앞으로 쭉 내밀었다. 이제 보이는 건 무사의 발뿐이었다. 무사가 아래로 늘어뜨린 검이 땅에 닿았다. 종부는 무사가 어서 검을 휘두르기를 기다렸다.

"그는 원하던 곳으로 갔습니까?"

무사가 종부에게 물었다.

종부는 무사가 묻는 '그'가 사사키에몽이라는 걸 알았다. 종부는 솔직하게 대답했다.

"저는 인간이 죽은 뒤에 가는 세계에 대해서 알지 못합니다. 수많은 사람의 죽음을 보았지만, 그런 세계가 있다는 증거는 한 번도 발견한 적이 없었습니다. 다만 그가 죽는 순간 꿈속에서 자신의 신을 보았고, 미소 지은 채 죽은 것을 압니다."

"그놈은 정말 좋은 놈이었소."

무사가 서글프게 말했다.

"저놈들이 서로 뭐라고 말하는 거냐!"

종부와 무사가 서로 대화하는 걸 본 영주가 호통을 쳤다.

영주의 호통을 들은 무사가 대검을 들어 올렸다. 그러나 종부의 목 대신 영주 쪽을 향해 검을 휘둘렀다. 영주는 목이 베이는 걸 똑똑히 보겠다며 종부의 가까이에 있었다. 놀란 영주가 기겁하며 뒤로 물러서지 않았다면 바로 그의 머리가 달아났을 것이었다. 현장이 순식간에 아수라장이 되었다. 엎드린 종부를 향해 무사가 소리쳤다.

"일어서! 일어나!"

종부는 무사의 말처럼 벌떡 일어섰다. 무사는 대검을 제대로 다뤄본 적이 없는지 검을 휘두를 때마다 몸을 크게 휘청거렸다. 기습에 당황한 왜병들도 정신을 차리고 무기를 들었다. 창이 무사의 허벅지를 찔렀고, 검이 그의 등을 베었으며, 화살이 가슴에 명중했다. 목숨을 건 무사의 공격은 잠깐의 혼란을 만들었을 뿐이었다.

무사가 검을 휘두르는 동안, 종부는 아베를 찾았다. 아베는 갑작스러운 소동에 놀라 눈을 크게 뜨고 있었다. 그 순간 아베의 발밑에 있던 갑진이 크게 몸을 뒤틀었다. 아베의 몸이 휘청거리며 무너졌다. 갑진이 벌떡 일어서서 혼란에 빠진 병사들 사이로 도망쳤다. 순식간에 일어난 일이었다. 종부에겐 그 찰나의 시간이면 충분했다. 누구도 종부가 영주에게로 돌진하는 걸 제대로 보지 못했다. 종부의 몸과 충돌한 왜병들이 사방으로 튕겨 나갔다. 종부가 눈앞에 서자 영주가 범을 만난 사람처럼 비명을 질렀다. 종부는 남은 오른팔로 영주의 목을 붙잡고 들어 올렸다. 영주는 주먹으로 종부의 팔을 때리며 벗어나려고 했지만, 종부의 팔은 쇠처럼 단단하고 견고했다.

"항복하시오. 더 많은 사람이 다칠 것이오."

영주가 뭐라 말하려고 했지만, 목이 눌려서인지 제대로 말하지 못했다. 종부는 그를 아래로 내렸다. 눌린 목이 풀리자 영주는 연신 기침을 하고는 두려움을 느끼는지 온몸을 덜덜 떨었다.

"이제 항복할 마음이 생겼소?"

영주는 입을 벌리더니 떨리는 목소리로 말했다.

"너는 도대체 누구냐? 귀신이냐? 요괴냐?"

"나는 로봇이오. 미래에서 이 시대의 사람들을 관찰하기 위해 왔소. 동시에, 사람을 치료하는 의원이기도 하며, 진주에서 당신들 같은 왜인에게 죽은 한 아이와 살아남은 두 아이의 아버지요."

종부는 이것으로 충분하지 않다는 것을 깨닫고 말을 이었다.

"아주 오래전 나의 옛 이름은 G9였소. 지금은 이 시대의 사람들이 붙여준 새 이름을 가지게 되었소. 지금의 내 이름은 노보(露保) 윤종부요."

영주는 이해할 수 없다는 듯 얼굴을 찌푸렸다.

"나는 네가 무슨 말을 하는지 이해할 수가 없구나."

"이해한다는 것이 뭐가 그리 중요하겠소."

순식간에 영주가 종부에게 사로잡히자 병사들은 일이 모두 끝났다는 걸 직감했는지 하나둘 무기를 땅에 버렸다. 영주도 저항할 의지를 잃은 것 같았다.

"그래, 항복하겠다. 귀신과 싸울 수는 없는 법이니까."

그 말에 종부는 고개를 끄덕였다.

종부는 항복한 영주를 내버려두고 아베 쪽으로 걸어갔다. 아베는 갑작스러운 상황에 당황한 듯 얼굴이 창백하게 질려 있었다. 그리고 자기도 모르게 검을 종부 쪽으로 겨누었다. 종부가 팔을 휘둘러 검을 쳐냈다. 쨍그랑 하는 소리와 함께 검이 땅에 처박혔다. 종부가 차갑게 말했다.

"네놈이 내 아들을 인질로 잡았지."

종부는 팔을 휘둘러 아베의 뺨을 후려쳤다. 그 손에 투구가 부서졌다. 아베는 충격에 쓰러지더니 바닥에 피를 뱉었다. 부러진 이가 우수수 쏟아졌다.

갑진이 왜병들 사이에서 나타났다. 종부는 아들이 무사하다는 것에 감사했지만, 자신이 날뛰는 것을 지켜본 갑진이 자신을 겁낼까 봐 두려웠다. 갑진은 종부를 향해서 머뭇거리며 다가왔다. 갑진은 종부의 팔이 잘린 것을 보고 흐느끼기 시작했다.

"아버님… 팔이… 아프지는 않으십니까?"

걱정하는 갑진을 보고 종부는 자신이 괜한 걱정을 했다는 것을 깨달았다.

"아뇨. 괜찮아요. 아프지 않습니다. 갑진은 어떤가요?"

갑진은 울음 섞인 목소리로 말했다.

"괜찮습니다. 괜찮아요."

하나도 괜찮지 않았다. 아베에게 얻어맞은 얼굴에선 피가 흘러나왔고 짓밟힌 등도 만신창이가 되어 있었다. 하지만 갑진은 살아 있었다. 그것만으로 충분했다. 종부의 마음속에서 일렁이던 분노가 조용히 가라앉았다.

분노가 가라앉자 들리지 않았던 소리가 다시 들리고 보이지 않던 것들이 보이기 시작했다. 종부의 손에 만신창이가 된 왜병들이 새떼처럼 울고 있었다. 종부는 무사가 누워 있는 곳으로 갔다. 무사의 숨은 이미 끊어져 있었다. 종부는 그의 투구를 벗겨내고 부릅뜬 눈을 감겨주었다. 무사의 손목에는 실로 엮은 팔찌가 묶여 있었는데 거기에는 작은 나무 십자가가 걸려 있었다. 종부는 무사가 사사키에몽과 같은 곳으로 갔기를 소망했다.

12

G9

미래의 인간들은 로봇이 미래로 귀환하는 시점을 정해 두지 않고 각자의 재량으로 남겼다. 과거에서 미래로 귀환한 14기의 로봇들은 평균적으로 1, 2년을 활동하고는 돌아왔다. 그 사례를 참고해 G9는 자신의 활동기간을 대략적으로나마 2년으로 정했다. 의원으로 마을에 무사히 정착했기에 첫해는 무사히 지나갔고 두 번째 해도 무난할 것 같았다.

가끔 G9는 약초를 캔다는 구실로 산속으로 들어가 자신이 누울 자리를 찾기 시작했다. 깊은 동굴이나 늪이 G9의 목적지였다. G9가 정착한 마을은 근처에 산이 많았고 미래에도 산이 통째로 없어질 정도의 대규모 개발 사업은 진행되지 않은 곳이었다. 그래서 미래의 인간들이 G9를 그 지방으로 보낸 것이었다. 산을 구석구석 살피다 보면 마치 못자리를 찾는 것 같아 G9는 가끔 기분이 묘해졌다. 미래로 귀환하는 일이 G9의 활동 정지를 뜻하지는 않았다. 미래의 인간들은 그가 다시 원활히 작동하도록 수리할 것이었다. 인간들과 같이 어울려 지내다 보니 가끔 G9는 자신도 모르게 인간처럼 생각하고 판단할 때가 있었다. 이 시대의 인간들도 로봇인 G9를 인간처럼 대했다. 그것도 역시 G9에게 영향을 끼쳤다.

누울 자리를 찾으며 틈틈이 찾은 약초를 가지고 G9는 박종수의 집으로 향했다. 박종수의 어머니가 세상을 떠난 후, 박종수는 자주 몸이 아프다며 G9를 불러들이고는 했다.

"그래서 오늘은 어디가 아픕니까?"

"오늘은 왜 또 그렇게 불퉁하나?"

"뭐가 불퉁하다는 것입니까?"

"입술을 쭉 내밀고는 '나는 지금 마음이 불편합니다.' 하고 있는데 모를 수가 있나. 누가 봐도 심기가 나빠 보이지."

박종수의 말에 G9는 정말 입이 튀어나왔는가 싶어서 입을 오므렸다. 그 모습에 박종수가 피식 웃었다.

"지금 저를 놀리신 겁니까?"

"아니. 오늘 보니까 표정이 너무 굳지 않았나. 좀 풀어 주려고 그랬지."

G9가 데이터로 학습한 양반에 대한 이미지는 박종수가 산산조각냈다.

"사실 순복이가 몸이 안 좋다네. 오늘 아침부터 몸이 안 좋다고 해서 제 방에서 쉬고 있다네."

"저를 찾아온 심부름꾼은 그렇게 얘기하지 않던데요? 당신이 아프다고 했는데."

"순복이가 자기 몸이 아프다고 의원을 부르는 걸 극구 사양했다네."

"아니, 왜입니까? 제가 대가로 대단한 걸 요구하지도 않는데요."

G9가 이해할 수 없다는 목소리로 물었다.

"순복이는 자기가 쓰러져서 일을 못 하는데 내가 치료까지 해주는 걸 부끄럽게 여긴다네. 자네도 대놓고 찾아가진 말고 잠깐 들렀다는 식으로 가게나."

"흠… 알겠습니다."

"그래, 자네는 어떻게 지내는가?"

"저 말입니까? 저야, 뭐 똑같습니다. 환자들 치료하려고 여기저기 다닙니다."

"그렇군. 자네에 대한 칭송이 마을에 자자하다네."

"뭐, 그저 할 일을 할 뿐입니다."

G9의 말은 겸양의 표현인 것만은 아니었다. 모든 로봇은 인간을 구호할 의무가 있었다. 통상적으로는 위험에

빠진 인간을 구하는 정도였지만, 의료기술을 가진 로봇은 병에 들거나 다친 인간을 치료할 의무가 있었다.

"사람에게 인(仁)이란 소금 같은 것일세. 인이 없더라도 사람은 살아갈 수 있지. 하지만 그러면 이 세상은 얼마나 심심하고 척박해질 것인가. 인이 있고 인을 추구하기에 사람은 살아갈 힘과 재미를 얻는 것이지."

G9는 박종수를 쳐다봤다. 그가 이런 종류의 말을 한다는 것이 의외였다.

"자네는 사람을 치료해주고 별다른 것을 요구하지 않네. 의원의 덕목이 바로 그러한 것이지만 나는 살면서 그런 의원을 별로 보지 못했지. 자네는 겸손하고 환자를 살리는 것을 천직으로 여기네. 자네에겐 양반이든 양민이든, 천민이든 하는 것은 상관없지. 그저 환자인 것만이 중요할 뿐이야. 그런 의원을 보지 못했기에 사람들이 자네에게 감사하는 것일세."

박종수가 말했다. G9는 눈을 깜빡거리다가 머리를 긁적거렸다.

"원, 내 얘기가 민망했나 보군."

"아닙니다."

G9가 단호하게 말했다.

잠시간 박종수와 이런저런 얘기를 하던 G9는 병이 난 순복을 보러 일어섰다. 방을 나가는 G9의 뒤로 박종수가 외쳤다.

"그러면 잘 부탁하네. 종부."

"종부가 아니라 G9!"

G9가 소리쳤다. 박종수가 킬킬거리며 웃는 소리가 들렸다.

순복을 진료하고 대략적인 처방까지 해준 후 G9는 집으로 돌아갔다. 돌아가는 동안 마주치는 사람마다 G9에게 반갑고 공손하게 인사했다. 그들은 G9를 잠시 불러세운 뒤 집으로 뛰어가 곡식이나 채소 같은 것들을 건네주었다. 이전에 G9에게서 받은 치료에 대한 보답이었다. 한 달 전만 하더라도 가을에 추수한 쌀이 떨어지고, 벼를 베고 심은 보리는 아직 여물지 않은 보릿고개였다. 먹을 것이 부족하면 몸도 덩달아 자주 축나기에 그 한 달 동안 G9는 아주 바빴다. 치료로 몸이 나은 사람들은 당장은 줄 것이 없다며 부끄러워했으나, 이제 보리가 영글어 수확할 수 있게 되면서 하나둘 보답을 했다. G9는 그것들을 받으면서도 인간에게 감사나 답례를 받는다는 것이 당황스러웠다.

로봇은 인간에게 봉사하기 위해서 만들어졌고 미래의 인간들은 그것을 당연하게 여겼다. 망치나 드라이버에게 감사할 수는 없는 노릇일 테니까. 하지만 이 시대의 사람들에게 G9의 존재는 당연한 것이 아니었고 그가 행한 일들은 마땅히 보답 받아야 했다.

주선은 마당을 쓸고 있었다. 지난번에 치료한 환자에게 답례로 받은 병아리는 벌써 늠름한 수탉으로 자라나 마당을 쏘다녔다. 주선은 G9가 양팔에 무언가를 잔뜩 안고 돌아오는 것을 보고 한걸음에 G9쪽으로 뛰어왔다.

"나리, 그건 다 어디서 얻어 오신 겁니까?"

"오면서 사람들이 하나둘씩 주는 걸 받으니 어느새 이렇게 되었습니다."

주선과 G9는 받아온 것들을 같이 정리했다.

"누가 찾아오지는 않았나요?"

"네, 없었습니다."

주선이 대답했다.

"아픈 사람이 없다는 거니까 다행이군요."

G9는 윤 노인의 방으로 갔다.

"어르신, 저 다녀왔습니다."

G9가 불렀지만, 방 안에선 아무 대답도 없었다. G9가 문을 열고 방으로 들어갔다. 노인은 잠들어 있었다. 의식을 잃은 지 벌써 한 달째였다.

지난해 윤 노인은 스스로 겨울을 넘기지 못할 것 같다고 말했지만, 말한 것이 무색하게 멀쩡히 그 기간을 지나갔다. 지난 설에는 윤 노인과 G9, 주선이 함께 추수가 끝나 텅 빈 밭에서 연을 날렸다. 연을 날리면서 윤 노인은 자신이 G9에게 허튼소리를 했다며 사과하곤 호탕하게 웃었다. 그러나 반년이 지난 지금, 노인은 밤에 잠들었다가 깨어나지 않고 있었다.

G9는 노인의 머리맡에 앉아서 오늘 진찰한 순복의 병세와 처방한 내용을 설명했다.

"어르신, 제가 한 게 맞는 거지요?"

"……."

"어르신, 이렇게 잠드시면 어떻게 합니까. 빨리 깨어나셔야죠. 제가 묻는 것에 다 옳다고 대답해주셔야죠. 이번에는 너무 오래 잠드신 거 아닙니까?"

"……."

"어르신, 저번에 박종수의 어머니가 돌아가셨을 때 제 내부에서 뭔가 이상한 신호가 생겼습니다. 그게 뭐였을까요?"

"……."

"사람들이 자꾸 저에게 감사하다고 말합니다. 가끔은 그게 이상하다고 생각합니다. 제가 이렇게 행동하는 이유는 제가 선의가 있어서라기보다는 미래의 인간들이 제 인공두뇌를 설정하며 집어넣은 윤리규칙 때문입니다. 애초에 제겐 그들을 돕고자 하는 '이타심'이 없습니다. 제가 하는 모든 행동은 미래의 인간들이 만든 것에 지나지 않습니다. 사람들은 제게 감사하며 동시에 미래의 인간들에게 감사하는 겁니다. 까마득한 시간을 넘어서요. 이상한 일 아닙니까?"

"……."

"지난번에 박종수의 어머니가 돌아가셨을 때 기억나시나요? 같이 초상집에 다녀왔었잖습니까. 집 대문에는 조등이 걸려 있었죠. 마을 사람들이 모두 그곳에 모였기에 마치 잔칫날 같았습니다. 모두 웃는 걸 자제했지만 사람이 모이는 것만으로 집은 소란스러웠습니다. 상주인 박종수는 찾아온 손님들에게 찾아와 인사를 하느라 정신이 없었고 박종수의 아내와 종들은 손님들에게 대접할 음식을 나르느라 바빴죠. 눈치 볼 것 없는 아이들이 천방지축으로 날뛰는 걸 부모들은 허허 웃으며 놔두었습니다."

"……."

"종에게 자리를 안내받고 대접받은 음식을 먹는데 박종수가 우리에게 찾아왔습니다. 그는 저에게 어머니를 치료해주어서 못한 효도를 다할 수 있었노라고 했습니다. 얼마나 울었는지 눈이 빨갛게 부어 있더군요. 그러면서도 입술은 웃음 짓고 있었어요. 그 상반된 감정이 이해되지 않았습니다."

"……."

"옆자리로 넘어간 박종수가 다른 이들과 하는 얘기를 엿들었습니다. 찾아온 문상객 하나가 그에게 어머니가 편하게 가셨으니 참으로 복되다고 했습니다. 그 말도 이해되지 않았습니다. 죽음을 두고 복되다고 하다니요. 그가 지었던 웃음만큼이나 이해되지 않았습니다."

"······."

"그때 어르신께서 말씀하셨죠. 사람의 죽음은 운명이니 그것을 구하지 못했다고 해서 자책하지 말라고 말입니다. 어르신께서 예전에도 했던 말이었죠."

"······."

"박종수의 어머니는 제 첫 환자였습니다. 어르신은 첫 환자를 잃은 저를 위해서 그런 말씀을 하신 거였죠. 설마 어르신 자신께서 쓰러질 걸 알고 하신 말씀이었습니까?"

G9는 계속해서 노인에게 말을 걸었으나 아무리 물어도 윤 노인은 답이 없었다. 이제 주선이 아무리 몸을 흔들어도 노인은 깨어나지 않았다.

"저는 나중에 미래로 돌아가야 합니다. 주선을 놔두고 이리 잠드시면 어떻게 합니까? 그 아이가 혼자 남아서 어찌 살라고…."

13

G9

윤 노인은 보름 후에 죽었다. 평소처럼 노인에게 말을
걸었던 G9가 노인의 숨이 멈춘 것을 확인했다. G9와 주선
은 박종수의 집 앞에 달렸던 것처럼 조등을 걸었다. G9와
주선 둘 다 장례를 치러본 적이 없었기에 모든 것이 낯설
었으나, 다행히 박종수가 옆에서 도와주어 무사히 마칠
수 있었다. 마을 장정들이 윤 노인의 시신을 모신 상여를
G9와 함께 메어주었다. 주선은 유일한 혈육이 죽자 힘이
빠지긴 했지만, 박종수가 가르쳐주는 것을 척척 해내었다.
박종수는 그런 주선을 보고 참으로 의젓한 아이라고 칭찬
했지만, G9는 홀로 된 주선이 안쓰럽기만 했다.

장례를 치르고 며칠 후 박종수가 찾아왔다.

"그래, 이제 어떻게 할 생각인가?"

"무엇을요?"

G9가 되물었다.

"계속 여기에서 지낼 건지 묻는 걸세."

G9는 박종수의 말을 듣고 나서야 자신이 어떻게 지낼 것인지 생각해본 적이 없음을 깨달았다. 다른 로봇들의 선례를 살펴보면, 2년 이상 과거에 머물렀을 때 위화감을 느낀 과거인들이 로봇을 파괴하기 일쑤였다. G9는 성공적으로 과거에 정착했다. 미래의 인간들도 예상하지 못했을 만큼 놀라운 성과였다. 그럼에도 처음 머물겠다고 예상했던 2년이 다 되어 가는 지금, G9는 어떻게 해야 할지를 정해야 했다.

"마을 사람들이랑 얘기했다네. 자네처럼 실력 있는 의원이 이렇게 남의 집에 붙어 지내는 것도 보기에 좋지 않으니 원한다면 집을 하나 얻어주겠네. 거기에서 지내는 건 어떻겠나?"

그제야 G9는 박종수의 의도가 무엇인지 이해할 수 있었다. G9가 이 마을에 완전히 정착하기를 원하는 것이었다. 박종수도 G9가 때때로 산을 돌아다니면서 홀쩍 떠나버릴 기색을 보이던 것을 눈치챈 모양이었다. G9는 고개를 저었다.

"살다 보니 윤 의원께서 이곳에 터 잡은 이유를 알게 되었습니다. 이 집은 고을에 있는 다섯 마을의 딱 중간에 있습니다. 어느 마을에서건 환자가 찾아오기 좋지요. 반대로 제가 환자를 찾아가기에도 좋고요. 다른 곳에 머물 생각은 없습니다."

"작고하신 윤 의원께서는 참으로 덕이 많은 분이셨지."

박종수가 고개를 끄덕이며 G9의 말에 동의했다.

"일단 여기에 머물 생각입니다. 진료해야 할 환자도 많고 무엇보다 주선을 혼자 두는 것도 마음에 걸리고요."

"그래, 주선이 그 아이도 있지. 제 할아버지에게 가르침이라도 충실히 받았다면 먹고 사는 데 지장은 없겠지만, 아직 어리니 누가 그 아이에게 몸을 맡기겠는가."

박종수는 말을 마치고 목이 건조한지 연신 기침을 했다. G9가 주선에게 물을 가져와달라고 부탁하려 했으나 박종수가 손을 내저었다.

"아니, 괜찮다네. 사실 좀 민망한 얘기를 해야 하는데 그것 때문에 목이 좀 타는군."

박종수는 그렇게 말하면서 본론으로 넘어가지는 않고 한참 멀리 사는 친척 이야기를 했다. 그의 말버릇을 잘 아는 G9는 이대로 놔두면 한참 뒤에나 본론이 나올 것 같았기에 박종수의 말을 잘랐다.

"그래서 하실 말씀이 무엇입니까?"

박종수는 한숨을 내쉬었다.

"나 참 민망해서 원…. 내가 살다 보니 이런 일도 하게 되네."

"곧 아랫마을에 환자를 보러 가야 합니다."

G9가 재촉했다.

"아휴, 참…. 살다 보니 매파 역할을 다 하게 되는군. 자네 혹시 장가들 생각 있는가?"

G9는 박종수의 말을 이해하려던 인공두뇌의 연산이 꼬이는 걸 느꼈다. 결국 멍청하게 되물을 수밖에 없었다.

"네? 방금 뭐라고 하셨습니까?"

"내가 다 민망해서 말이지. 지난번에 우리 어머님 장례를 치를 때 자네가 찾아오지 않았나. 다른 고을에 사는 우리 친척들도 많이 찾아왔다네. 내 이종사촌 형에게 딸이 하나 있는데 그 아이가 얼마 전에 병이 들었다는 거야. 형님이 용한 의원을 불러 진료를 봤는데 그 의원이 방을 나와서는 묘한 웃음을 지었다는 거지. 그 의원이 나와서 뭐라고 했는지 알겠나?"

막상 이야기를 시작하자 박종수는 신이 나서 침방울을 잔뜩 튀기며 떠들어댔다.

"뭐라 그랬답니까?"

"아니, 그 맹랑한 계집애가 글쎄 상사병에 걸렸다는 거야!"

박종수가 그렇게 말하며 미친 듯이 웃기 시작했다. 몸

을 비틀기 시작하더니 나중에는 눈물까지 흘렸다.

"그게 저하고 무슨 상관이 있습니까?"

G9가 물었다. 동시에 박종수가 말한 여러 단어가 하나로 이어지며 하나의 결론을 내렸다.

"설마?"

G9가 경악하며 물었다.

"그 아이가 그날 자네를 보고 한눈에 반했다는 거 아닌가."

박종수의 말에 G9는 딱딱하게 굳었다. 그런 G9의 반응이 웃겼는지 조금 잦아들었던 박종수의 웃음이 다시 커졌다.

"그만 좀 웃으십시오."

"그래서 얼마 전에 사촌 형님께서 찾아왔다네. 자네한테 의사를 한번 물어달라고 하더군."

박종수의 말에 G9의 인공두뇌 내부에서는 순식간에 여러 생각이 떠오르고 가라앉았다. 로봇인 자신이 인간과 결혼을 한다고? 아니, 인간이 자신에게 호감을 품었고 그것도 모자라서 병까지 들었단 말인가?

미래에서 인간이 연애용이 아닌 다른 용도의 로봇에게 연애감정을 느끼는 일은 흔하지는 않지만, 간간이 있었다. 하지만 그건 어디까지나 극소수의 이야기였고 터부시되는 일이었다.

"그래? 자네 생각은 어떤가?"

"거절합니다."

G9가 단호하게 말했다.

"허허. 혹시 다른 이유가 있는 건가? 이곳에 오기 전에 혼인했다든가 하는."

"제겐 인간과의 연애를 가능하게 할 기능이 없습니다."

"자네 말뜻을 내가 잘못 이해한 게 아니라면 몸에 이상이 있어서 여인을 만나는 게 힘들다는 건가?"

묻는 박종수의 표정이 조심스러웠다. G9의 말을 이상하게 받아들인 것 같았지만 뭐라 설명해도 제대로 이해해 줄 것 같지 않았다. G9는 될 대로 되라는 심정으로 고개를 끄덕였다.

"완전히 같지는 않지만 비슷합니다."

"내가 괜한 말을 했군. 미안하네. 어쩐지 자네가 여인에게 관심을 두었다는 얘기를 한 번도 듣지 못했지. 그래. 그랬었군."

박종수는 이제야 모든 것이 이해된다는 듯이 고개를 주억거렸다. 무엇이 이해된다는 것일까. G9는 속으로 불안했지만, 그의 오해를 정정하지는 않았다.

그 후, 무슨 소문이 퍼진 것인지 마을의 여인들이 G9를 보면서 묘한 웃음을 짓고는 했다. 로봇이었지만 겉모습은 남성이었기에 여인을 진료하려면 거북함을 무마시켜야 했는데 어느 순간부터 그런 거리낌이랄까 거부감이 사라진 듯했다. 뭐 퍼진 소문이 어떻게 부풀려졌든 간에 진료하기는 더 편해졌으니 G9는 나름 만족했다.

✳

여름이 시작되고 있었다. 논에선 농부들이 허리를 숙이며 김매기에 한창이었다. G9는 겨울에 미리 찾아두었던 자리에 가서 몸을 누이고 미래로 돌아갈 생각이었다. 하지만 어느 순간부터 박종수와 했던 대화가 계속 생각났다. 자신이 인간에게 연애의 대상이 될 수 있다는 사실은 G9에게 새로운 발견이었다.

여기에서 G9는 의원이 되었고, 박종수와 알게 되었다. 주선과 윤 노인, 박종수의 어머니 같은 사람들과도 알게 되었다. 미래에서 G9는 인간을 위해 봉사하는 로봇이었지만, 이 시대에서 G9는 완전히 새로운 존재였고 무엇이든 될 수 있었다.

'무엇이든 될 수 있다'. 그 생각을 떠올리는 순간 G9의 인공두뇌는 한 번도 느끼지 못했던 신호가 발산되는 것을 스스로 감지했다. 인간의 언어로 치환하자면 일종의 '짜릿함'이라고 표현할 만한 것이었다.

G9는 그해 겨울까지 환자들의 상태를 지켜보다가 돌아

갈지 말지를 결정하기로 했다. 몸을 치료함으로써 인간을 구호하는 것은, 시점이 정해지지 않은 귀환의 임무를 완수하는 것보다 우선순위가 더 높았다.

왕진을 떠나는 G9를 주선이 배웅했다. G9는 들판에 난 길을 따라 걸으며 이 길을 박종수의 어머니가 좋아하던 것을 떠올렸다.

＊

해가 지난 새봄, 나라에 많은 비가 내렸다. 내린 비에 범람한 은강 물을 둑이 견디지 못하고 무너졌다. 은강 가까이에 있던 강가 마을이 통째로 물에 잠겼다. 다행히 날이 밝을 때 일이 생겨 미리 대피한 마을 사람도 많았으나, 제때 피하지 못한 이들은 황급히 지붕에 올라가서 물을 피하고 있었다. 불어난 강물에 배가 모두 떠내려갔기에 다른 마을 사람들은 급히 나무를 베어 뗏목을 만들었다. 사람들이 뗏목을 타고 지붕 위에서 오도 가도 못하는 사람들을 구했다. G9도 사람들을 구하러 뗏목에 올랐다. 차오른 물은 강물처럼 물살이 세차지는 않았지만, 하늘에서 계속해서 비가 쏟아졌기에 구조는 쉽지 않았다. 미끄러져 발을 헛디딘 사람들이 흙탕물에 빠졌다.

물에 뛰어든 G9가 물에 빠져 허우적거리는 사내를 먼

184

저 뗏목 위에 올려 보내고 뒤따라 올라가려 할 때였다. 뗏목 위에 있던 사람 하나가 소리쳤다.

"나리, 뗏목이 가라앉으려 합니다!"

"그러면 뭍으로 가서 사람을 내려준 후에 다시 오세요!"

G9가 물속에서 소리쳤다.

"하지만 의원 나리, 그러다 큰일 나십니다."

"아니요. 다른 사람은 아니어도 저는 괜찮습니다. 어서 가세요!"

G9가 외쳤다.

"그래, 그냥 가라고 말하고 있지 않나!"

뗏목에 있던 이 하나가 소리쳤다.

"의원님이 너를 구하느라 물에 뛰어드셨는데, 이런 매정한 놈!"

뗏목 위에서 잠깐 소란이 일었으나 이내 출발했다. 누군가가 금방 돌아오겠다며 소리쳤다.

물속에 남은 G9는 혹시나 남은 이가 있을까 싶어 주위를 둘러봤다. 물살 사이로 초가집의 지붕이 보일 뿐 사람은 보이지 않았다. G9는 물속을 살폈다. 평소 그토록 맑았던 강물은 탁해져 그 깊이를 알 수 없었다. G9는 평소에 사용하지 않던 몇 가지 기능을 활성화했다. G9를 중심으로 음파가 퍼져나갔다. 물체에 튕겨 되돌아온 음파가 보이지 않는 수면 속 물체의 위치와 크기를 상세하게 알려주었다.

멀지 않은 곳에 사람의 흔적이 감지되었다. 크기를 가늠하니 어린아이인 것 같았다. 아이의 구출 가능성을 따지기도 전에 G9의 윤리규칙이 먼저 몸을 움직이게 했다. 흙탕물을 가르며 나아간 G9는 음파를 연달아 발생시키며 아이를 찾으러 더 아래로 내려갔다.

아이가 있는 곳 근처에서 휘저은 손의 끝이 아이와 닿았다. G9는 아이를 붙잡고 물 위로 올라갔다. 물 위에서 살펴보니 구한 아이는 윤 생원댁 아들인 갑진이었다. 갑진의 상태는 심각했다. G9는 빨리 갑진에게 기초적인 치료를 하지 않을 시 아이가 사망한다고 결론 내렸다. 수면에 섬처럼 떠 있는 초가지붕을 발견한 G9는 갑진을 데리고 그쪽으로 향했다.

갑진을 안고 지붕 위에 올라섰다. 쌓인 볏짚이 물에 들떠서 밟는 대로 철벅거리는 소리가 났다. G9는 지붕 위에 갑진을 눕히고 인공호흡과 심폐소생술을 실시했다. 맹렬하게 숨을 불어 넣자 갑진의 폐 속에 있던 물이 빠져나왔지만, 심장은 뛰지 않았다. G9는 자신의 손바닥에 전류를 흘리고는 갑진의 가슴을 강타했다. 갑진의 가슴이 튕겨 올랐다. 몇 번 그 과정을 반복하자 이내 갑진의 심장이 다시 뛰기 시작했다. 갑진은 연신 기침을 하며 폐 속의 물을 토해냈다. G9는 갑진이 소생하자 한숨을 내쉬며 안도했다.

"나리!"

사람들을 뭍에 내리러 간 뗏목이 돌아왔다. G9는 손을 흔들어주었다. 순복이 뗏목을 몰고 있었다.

"세상에, 나리! 큰일 나실 뻔하셨습니다."

얼굴에 흘러내리는 빗물을 소매로 연신 닦아내던 순복은 G9가 안고 있는 갑진을 보았다.

"그 아이는 누구입니까? 아까 왔을 때는 보이지 않았는데."

"윤 생원댁 아이인 갑진입니다. 물속에 빠진 걸 구했습니다."

갑진의 숨은 안정적이었지만, 저체온증의 위험도 있었기에 서둘러 안전한 곳으로 옮겨야만 했다.

"아이고. 이 애가 어쩌다가 이렇게…."

순복은 뗏목을 몰며 덧붙였다.

"그 아이의 동생이 먼저 갔던 뗏목에 있었는데 계속 오빠하고 부모를 찾았습니다. 가족이 눈에 안 보이니 그 어린 여자아이가 얼마나 울고불고하는지…. 참, 아이의 부모는 보셨습니까? 아이의 부모가 보이지 않았습니다."

순복의 말에 G9는 고개를 저었다. G9의 대답에 불길한 상상을 했는지 순복의 얼굴이 굳어졌다. 그러다 이내 그 생각을 떨치려는 듯 순복은 연신 고개를 내저었다.

"아닙니다. 다른 곳에 가 있을 겁니다. 암, 그렇고말고."

그렇게 말했지만 순복의 얼굴은 어두웠다.

뗏목을 타고 뭍에 도착하자 하진이 갑진과 G9를 향해
뛰어왔다. 하진은 정신을 잃은 갑진을 보고 울음을 터뜨렸
으나 오빠가 살아 있다는 말을 듣고 이내 울음을 그쳤다.

"아버지, 어머니는요?"

하진이 G9에게 물었다.

"보이지…."

G9의 말을 끊으며 순복이 재빨리 끼어들었다.

"먼저 피하셨을 거다."

내내 보이지 않던 가족을 찾느라 지친 하진은 생각하거
나 말할 기운도 없는 것 같았다. 하진은 제 오빠의 머리맡
에 앉아서 머리를 쓰다듬어주었다. 졸지에 살 곳을 잃은
사람들이 넋이 나가거나 비통해하며 울음을 터뜨렸다.

"이 사람들을 어이할꼬."

그 모습을 보던 순복이 한탄했다.

마을이 물에 잠겼다는 소식에 가까이 있는 관아에서 관
리들이 찾아왔다. 관리들은 집을 잃고 당장 머물 곳이 없
는 사람들을 추렸다. 그러나 이들이 어디서 머무느냐고 물
은 G9에게 관리들은 모두를 돌볼 수는 없다고 대답했다.

"지금 이곳에만 물난리가 난 것이 아니오. 전국적으로
큰비가 내려서 홍수피해가 막대하다오. 한곳에서만 난리

가 난 거면 조정에서도 그곳 사람들을 넉넉히 돕겠는데
이번에는 너무 많은 곳에서 홍수가 났어."

집을 잃은 강가 마을의 사람들은 일단 근처 친척과 친
구의 집에서 지내기로 했다. 박종수도 자신의 집에 자리
를 내어서 사람들을 머물게 했다. 갑진과 하진은 갈 곳이
없었다. 아이의 부모인 윤 생원과 부인은 본디 한양에서
태어나 몇 해 전에 이 고장으로 이사를 왔다. 별 연고도
없이 정착한 것이었고 윤 생원도 남들과 더불어 지내는
성격이 아니었기에 친구라고 할 만한 이가 없었다. 그나
마 몸이 안 좋을 때 치료해준 일로 G9와 친분이 있는 정
도였다. G9는 갈 곳 없는 남매를 일단 자신이 맡겠다고
했다.

주선은 남매를 살갑게 맞아주었다. 아이들이 배가 고프
겠다며 누룽지를 가져다주겠다고 했다.

14

G9

강가 마을에 들어찬 물은 비가 그치고 사흘이 지나서야
다 빠졌다. 그동안 다른 마을에서 지내던 피난민들이 다
시 강가 마을로 돌아갔다. 물속에 한번 잠긴 마을에는 성
한 집이 없었다. 온통 진흙밭이었다. 미처 빠져나오지 못
한 가축들의 사체가 마을 곳곳에서 발견되었다. 근처 마
을의 사람들이 와서 정리를 도왔다.

G9도 마을을 재건하는 걸 도왔다. 무너진 둑을 다시 올
리고 쌓인 진흙을 치웠다. 그러면서 동시에 G9는 윤 생원
과 그의 아내를 찾으려 애썼다. 아이들이 G9의 집에 머무
른 동안 아이들의 부모는 발견되지 않았다. 같은 강가 마
을에 사는 이 중 물난리 이후 그들을 본 사람 역시 없었다.

오히려 물이 들어차는 순간에 두 사람이 무엇인가를 가지러 집으로 갔다는 목격담이 있었다. 남매는 처음에는 부모의 행방을 물었지만, 벌어진 일을 짐작했는지 점차 말을 잃어갔다. G9와 주선은 아이들이 안쓰러울 뿐이었다.

"찾았다!"

진흙탕을 파헤치던 장정 하나가 소리쳤다. 사람들이 그쪽으로 몰려갔다. G9도 그들의 뒤를 따랐다. 사람들이 몰려간 곳에는 떠내려온 잔해가 잔뜩 쌓여 있었다. G9는 진흙에 뒤덮인 감나무를 보고 그곳이 윤 생원의 집이 있던 자리라는 걸 알았다. 사람들이 잔해의 틈에서 무엇인가를 조심스럽게 끄집어냈다. 이미 하나가 꺼내어져 있었는데 사람들이 보기 두려웠는지 그 위에 천을 덮어두었다. G9는 그게 시체라는 걸 알 수 있었다.

옆에 있던 순복이 두 사람의 시신을 보고 마음 아파했다.

"아이들이 불쌍합니다. 그 어린것들을 어찌할꼬…."

조정에 홍수피해를 보고하기 위해 파견된 관리가 윤 생원과 친교를 나눈 자가 있는지 묻고 있었다. 관리와 얘기를 나누던 이가 G9를 손으로 가리켰다. 관리가 G9에게 다가왔다.

"저이 말로는 이 집의 아이들을 당신이 데리고 있다는데 사실이오?"

"그렇습니다. 가까운 곳에 친척도 없다고 해서 일단 제가 데리고 있었습니다."

"언제까지 데리고 있을 생각이오?"

"이 상황이 진정되고 갈 곳이 정해질 때까지 아이들을
보호하겠습니다."

관리는 G9의 말을 받아 적었다. 이름과 사는 곳도 물
었다.

"지구, 치구? 정확히 어떤 말이요?"

항상 나오던 반응이었기에 G9는 이제 한숨도 안 났다.

"그냥 종부라고 적어주십시오. 이젠 종부라고 해도 사
람들이 다 저로 알더군요."

"종부라. 성은 무엇이오?"

관리가 다시 물었다.

"성은 없습니다. 뜻대로 적으십시오."

"그럼 이 고을에 윤씨 성을 가진 이가 많으니 윤씨 성을
적어 조정에 보고하겠소."

"마음대로 하십시오."

윤 생원 부부의 유해는 G9가 수습하기로 했다. 장정 몇
이 들것에 유해를 싣고 G9의 집으로 향했다. 그들은 홍수
에 상하지 않은 둑길을 따라 걸어갔다. 탁하던 강물은 금
방 맑아져 있었다. 장정 중 하나가 은강은 물길이 세서 홍
수로 물이 더러워지더라도 금방 맑아진다고 설명했다.

"그래서 사시사철 물이 맑지만, 저기에 휩쓸려 죽은 이

들도 많으니 흘린 눈물이 모여 흐른다고 해서 탄강(嘆江)이라고도 부릅니다."

"한탄하다, 라 말할 때의 탄입니까?"

G9가 물었다.

"맞습니다."

사내가 말했다.

구름이 걷힌 하늘은 맑고 투명했다.

"사람이 이렇게 많이 죽었는데 이리 하늘이 맑다니."

사내 중 하나가 한탄했다.

"그보다 큰일입니다. 이렇게 홍수가 들이닥치고 나면 역병이 창궐하고는 했는데."

사내가 한숨 쉬며 말했다. 그러자 다른 이가 그 말에 쌍심지를 돋우며 화를 냈다.

"아니, 그렇게 재수 없는 소리를 할 건가?"

"미안하네. 내 사과하겠네."

G9와 사내들은 G9의 집으로 향했다. 원래대로라면 바로 땅에 매장해야 했지만, G9가 아이들이 부모의 모습을 마지막으로 확인해야 하지 않느냐고 했던 것이었다. 사내들은 자기 일이 늘어나는데도 아이들의 신세가 안타까웠던 건지 별말 없이 G9의 말에 따랐다.

G9의 집 마당에는 하진이 서 있었다. 거기서 계속 누군가를 기다리던 모습이었다. G9가 혼자가 아닌데다 사내들

과 들것까지 들고 있으니 이상한 기색을 느낀 것 같았다. 하진이 어디론가로 뛰어갔다. 마당에 도착한 사내들이 들것을 내려놨다. 방 안에 있던 주선과 갑진이 마당으로 나왔다.

갑진은 주먹을 꽉 쥐고 G9의 설명을 들었다. 꽉 쥔 주먹이 파들파들 떨렸다. 아이는 울음을 참으려는 듯 입술을 꽉 깨물고 있었다. G9는 그게 안쓰러워 자기도 모르게 아이를 껴안았다. 아이의 둥근 얼굴이 G9의 어깨에 파묻혔다.

"참지 않아도 좋습니다. 슬플 때는 실컷 우십시오."

갑진은 그제야 울음을 터뜨렸다. G9는 갑진이 눈물을 그칠 때까지 아이를 껴안고 차분히 기다려주었다.

이내 갑진이 진정되자 하진이 염려되었다. 아까 마당에서 어딘가로 뛰어가는 걸 봤는데 아무리 기다려도 아이가 오지 않았다. 들것을 들고 와준 사내들에게 잠시 기다려달라고 한 후 G9는 하진을 찾으러 갔다.

하진은 보이지 않았다. 작은 아이의 몸으로 멀리 가지는 못했을 것이었다. 뒤쪽에 난 풀숲에서 아이가 밟고 간 흔적을 찾아낸 G9는 그 흔적을 따라갔다.

아이는 G9가 동력인 태양광을 충전하기 위해서 산책하던 들판에 있었다. 예전에 하진과 돌아가신 박종수의 어머니를 자주 마주치던 장소이기도 했다. 아이는 들판 한

가운데에서 허리를 숙이고 꽃을 따고 있었다. 아이의 주변에는 버려진 꽃들이 널려 있었다. G9는 아이에게 다가갔다. 풀을 밟는 소리를 들었음에도 아이는 G9 쪽을 쳐다보지 않았다.

"꽃을 따고 있었나요?"

하진은 대답하지 않았다.

G9는 하진이 하는 양을 가만히 지켜보았다. 자세히 보니 아이의 손바닥이 빨갰다. 상처가 난 것 같았다. 아이는 딴 꽃을 상처에 대고 비볐다. G9는 그 손을 붙잡았다.

"왜 여기에 상처가 난 건가요?"

G9가 손을 붙잡고 물었다.

"꽃을 찾고 있었습니다."

하진이 작은 목소리로 대답했다.

"무슨 꽃이요."

"살살이꽃이요."

그렇게 말하는 하진은 당장에라도 울음을 터뜨릴 것 같았다. G9는 차분하게 아이의 말이 이어지길 기다렸다.

"예전에 같이 꽃을 찾는 할머니가 그랬어요. 살살이꽃이라고 상처를 낫게 해주는 꽃이 있는데 그 꽃이 있으면 사람도 살릴 수 있다고요."

그 꽃으로 부모님을 살릴 거예요. 아이가 말하지 않아도 G9는 아이의 다음 말을 알 수 있었다.

G9는 아이가 말하는 할머니가 돌아가신 박종수의 어머니임을 알 수 있었다. 하진과 박종수의 어머니는 이 들판에서 꽃을 찾으며 놀고는 했다. 옛이야기를 많이 들려주는 박종수의 어머니를 하진은 많이 좋아했다.

　"그래서 살살이꽃을 찾았나요?"

　G9가 하진에게 물었다. 하진은 고개를 저었다.

　"아니요. 상처에다 꽃을 대 봤는데 상처가 안 나았어요."

　아이가 침울하게 말했다.

　G9는 아이의 상처를 살폈다. 손바닥에 뾰족한 돌을 내려찍어 상처를 낸 것 같았다. G9는 손바닥에 스스로 상처를 내는 아이의 마음을 짐작할 수 없었다. 다만 아이의 손을 천으로 감아주고 부드럽게 안아 줄 수 있을 뿐이었다. 하진은 많이 울었다.

　울음을 그친 하진과 G9가 돌아갈 때는 이미 해가 지고 있었다.

　사내들은 마당에 앉아서 G9를 기다리는 중이었다. G9는 오래 기다린 그들에게 고맙고도 미안했다. 사내들은 괜찮다고 손사래 쳤다.

　"아이고, 괜찮습니다. 저희도 다 비슷한 일을 겪었는데요. 아이들 마음 잘 알지요."

　그렇게 말하고 사내들은 씩씩하게 살라고 남매를 격려했다.

해가 지고 나서야 아이들의 부모를 매장할 수 있었다. 지금은 경황이 없어 아무 곳에나 묻지만, 상황이 좀 수습되면 더 좋은 자리로 옮기는 게 좋을 것 같다고 사내 중 하나가 말했다.

"그러니 이 자리를 잘 기억하거라."

사내가 갑진과 하진에게 당부했다.

하진은 부모가 매장된 자리에 아까 따서 모은 꽃을 조심스럽게 올려두었다. 그 모습을 보고 시신을 옮겨준 사내들이 어깨를 흔들며 흐느꼈다.

＊

장마가 끝나고 범람했던 은강이 예전처럼 맑아지자 사람들은 둑이 무너진 것을 수습하고 무너진 집을 다시 세웠다. 강가 마을의 피해가 심각했기에 거기에 살던 사람들은 나라에서 나오는 구휼미만으로는 생활을 이어나가기 어려웠다. 그나마 농토가 모두 잠기지는 않아서 눈앞의 위기만 버텨내면 가을에 벼를 수확해 한해를 버틸 수 있을 듯했다. 그전까지는 관아와 함께 그나마 살림살이가 넉넉한 주변 마을에서 알음알음 도와주기로 해 강가 마을 사람들이 굶어 죽는 건 막을 수 있었다.

갑진과 하진은 G9의 집에 계속 머물기로 했다. 아이들이 하는 이야기를 들으니 윤 생원은 가깝게 지내는 친척도 없어서 아이들을 믿고 맡길 곳이 마땅치 않았기 때문이었다. 가끔 남매를 데려가겠다고 하는 이들이 있었다. G9는 그들이 아이들을 종으로 삼으려고 그러는 것을 알고 있었기에 단호하게 그 제의를 거절했다. 어느 날부터 남매는 G9의 일을 돕겠다며 스스로 마당을 청소하거나 주선을 도와 닭을 돌보는 일을 했다. G9는 억지로 그러지 말라고 했다.

"제가 여러분을 종으로 삼으려고 집에 들인 게 아닙니다. 어린아이가 일할 필요는 없습니다."

"저희가 여기에서 머물면서 아무 일도 하지 않는 건 부끄러운 일입니다."

갑진이 또박또박 말했다. 결심이 확고한 것 같았다.

"그렇다면 스스로 먹을 것을 챙길 정도만 일하세요."

G9가 말했지만, 갑진은 계속 일했다. 부지런히 집안일을 하는 갑진에게서는 어린아이의 모습이 점차 사라졌다. G9가 처음으로 주선을 만났을 때 그 아이가 짓던 표정과도 비슷했다. 부모를 일찍 잃은 아이들은 이 세상의 질서에 빨리 순응했다. 그것은 일종의 성장이기도 했지만, G9는 아이들이 천진함을 잃고 변화하는 것이 안타깝기만 했다.

드문드문 내리던 비가 완전히 그치고 매미가 울기 시작하면서 사람들은 지겨운 장마가 끝났노라고 말했다. G9는 윤 생원 부부의 시신을 양지바른 곳에 이장해주었다. 그리고 둥그런 봉분 앞에서 간단하게 제사를 지냈다. 갑진과 하진이 무덤에 대고 두 번 절을 했다. G9는 내세를 믿지는 않았지만, 남매의 부모들이 아이들이 건강하고 잘 자라길 바랄 것이라는 것쯤은 알았다. G9는 주선이 술잔 가득 따라준 술을 무덤 위에 뿌렸다.

그해에는 워낙 많은 사람이 죽었다. G9는 자신이 과거에 온 첫해에 많은 사람을 살린 것이 일종의 요행이었음을 깨달았다. 한동안 자신이 제법 실력이 있는 의원이라고 생각했지만, 현실의 죽음 앞에서 G9는 무능했다. 인간을 구하고자 하는 본능이 이 현실에 맞서라고 충동질했지만, 번번이 패배했다. 미래에서 왔다는 사실은 그 싸움에 아무런 도움도 되지 않았다.

홍수의 피해가 어느 정도 수습되자 사람들은 액땜을 했다며 남은 날은 무사히 지나갈 것이라고 서로를 위로했다. G9도 일이 그렇게 끝나기를 바랐다. 정말 그렇게 끝났다면 얼마나 좋았을까? 하지만 몰려오는 파도 앞에서 인간과 G9는 동등하게 무력했다. 그저 이 파도가 자신을 쓸어가지 않게 해달라고 기도하는 것밖에는 도리가 없었다.

여름이 되면서 홍수로 쓸려간 자리에 역병이 피어올랐다. 다가올 미래에 과학자들은 물속에서 번식한 살모넬라

타이피균에 인간이 노출되었기에 역병이 발생했다고 설명할 것이다. 하지만 이 시대의 사람들은 그 사실을 알지 못했다. 그들에게 역병이란 신이 내려주는 징벌 같은 것이었다.

첫 번째 환자는 마지막 비가 내린 뒤 보름만에 발생했다. 멀쩡히 농사를 짓던 이가 갑자기 고열에 시달리자 G9가 가서 그를 진찰했다. 데이터베이스에 있는 여러 정보가 환자가 겪는 증상을 바탕으로 그의 병이 염병(染病), 즉 장티푸스라고 결론 내렸다.

"무슨 일입니까?"

환자의 아내가 걱정스러운 표정으로 다가왔다.

G9는 남편의 증상과 병명을 설명해주었다. 아내의 주변에 있던 마을 사람들이 술렁거렸다. 조선 시대 사람들도 염병의 무서움을 잘 알고 있었다. G9는 사내 하나를 가까운 관아로 보내서 마을에 염병이 발생했다는 것을 알리게 했다.

G9는 사람들을 진정시키고 환자의 아내에게는 환자를 외딴 방에 격리하고, 끓인 물에 꿀과 소금을 조금씩 섞어서 주도록 했다. 그러고는 생각보다 상황이 심각하니 준비를 더 하고 돌아오겠다고 일렀다.

서둘러 집으로 가니 마당에 갑진과 하진이 서 있었다. 아이들은 G9를 기다리고 있던 것 같았다. 아이들에게 인사하려고 한 G9는 문득 자신이 염병 환자를 진료하고 왔다는 것을 상기했다. G9는 균에 감염되지 않으므로 보균자가 될 일은 없었지만, G9의 몸체나 옷에 환자의 체액이 묻었을 가능성이 높았다. G9는 아이들에게 다가오지 말라고 일렀다.

"왜 그러시나요. 나리?"

갑진이 G9에게 물었다.

"염병 환자를 진료하고 왔습니다. 만에 하나라도 병이 옮을 가능성이 있으니 다가오지 마세요. 무슨 일로 저를 기다렸나요?"

"주선이 형이 이상합니다. 열이 나고 배가 아프다고 해요. 아까부터 설사도 했고요."

그 말에 놀란 G9가 주선의 방으로 뛰어갔다. 주선이 쓰러져 있었다. 아까 진료했던 환자와 증상이 같았다. 염병이었다. G9의 인공두뇌가 연산속도를 증가시키며 감염 경로를 추적했다.

염병의 주된 감염 원인은 감염자의 대소변과 그 대소변이 섞인 식수였다. 대소변을 묻힌 파리가 음식물 위에 앉으며 균을 퍼뜨릴 수도 있었다. 짐작되는 경로는 무궁무진했다. 주선은 G9의 심부름으로 오가면서 그 마을의 변소에 들렀을 수도 있었다. 아니면 목이 말라서 물을 얻어 마셨을 수도 있었다. 홍수가 났던 지방에서 염병이 자주 발생한다는 기록이 G9의 데이터베이스에 있었으나 미처 살피지 못했다. G9가 잘 살폈다면, 아니, 그보다 먼저 G9가 주선에게 심부름을 시키지 않았다면 아이는 병에 걸리지 않았을 것이었다. 그 결론에 다다른 G9는 자신의 실수를 자책했다.

"이 멍청한 놈! 네까짓 놈이 이러곤 여태까지 의원이라고 떠벌리고 다닌 거냐!"

G9가 자기 자신에게 외치는 소리에 방 밖에 있던 갑진이 놀라 "나리, 무슨 일이십니까?" 하고 물었다.

갑작스레 발생한 대량의 신호에 인공두뇌의 연산이 흐트러졌다. G9는 연산 출력을 낮춰 발생한 신호를 가라앉혔다. 그러자 무엇을 해야 할지 알 수 있었다. G9는 문밖에 있는 갑진을 불렀다.

"갑진!"

"네. 나리."

"주선도 염병에 걸렸습니다. 이 병에 걸린 이들은 서로 멀리 떨어져서 지내야 합니다. 제가 주선을 데리고 강가 마을로 가겠습니다. 갑진과 하진은 당분간 여기에서 둘이서 지내야겠습니다. 잘할 수 있나요?"

두 아이가 동시에 대답했다.

"네."

G9는 남매에게 주선이 대소변을 어디에 누었는지, 혹

시 변소를 같이 사용했다면 뒤처리를 어떻게 했는지 물었다. 갑진과 하진은 예전부터 변소에 파인 구덩이가 무서워 번거롭더라도 들판에 나가서 일을 본다고 말했다. 그 말이 사실이라면 직접적인 감염의 위험은 피한 셈이었다. G9는 우선 물을 끓이게 시켰다. 그리고 창고에 가서 평소에 상처를 소독할 용도로 구해놓은 독주를 찾은 다음, 깨끗한 천에 적셔 주선이 다니며 손으로 만졌을 만한 장소를 깨끗이 닦으라고 지시했다.

"다 닦은 후 끓는 물에 주선의 이불과 옷을 넣고 통째로 삶으세요. 그러고 난 다음 손을 깨끗이 닦고요. 그 일을 하는 중에는 손으로 입이나 눈을 절대로 만져서는 안 됩니다. 알겠나요?"

"네… 나리."

대답하는 아이들의 목소리가 떨렸다.

주선을 집에서 돌보는 게 가장 편하겠지만 그러면 남매가 위험해질 터였다. 감염자와 비감염자의 격리는 필수적인 일이었다. G9는 주선을 데리고 나가는 동안 아이들을 멀리 떨어뜨렸다.

G9는 창고에서 병을 치료할 약재도 황급히 챙겼다. 염병을 치료하는 데 즉효인 약은 항생제였지만, 항생제에 대한 개념만 알고 있을 뿐 항생제를 만들 지식은 없었다. 미래의 인간들이 그 지식을 일부러 삭제했었다.

한때 G9는 미래에 온 자신이 과거의 역사를 바꾸지는 않을까 두려워한 적이 있었다. 어림도 없는 이야기였다. G9는 오래전에 실험실 조교였던 연두가 했던 말을 떠올렸다.

역사는 생각보다 넓은 강이야.

이제 G9는 역사를 바꾸는 것은 하나의 사건이나 생각 혹은 인물이 아닌, 수많은 인간이 살아가며 얽히고 맺어지는 상호작용이라는 것을 알았다. 아무리 G9가 로봇으로서 강력한 능력을 갖추고 있더라도, 계속해서 현실의 한계에 부딪히고 때로는 무력하기까지 했다. G9 또한 다른 인간들과 같이 역사라는 강 속에 있는 한 방울의 물에 지나지 않았다.

그 증거로 품속에서 죽어가는 아이의 고통도 사라지지 못하게 하고 있었다.

미래에서 장티푸스라는 병은 인간에게 아무 위협도 되지 않았다. 사실상 걸리는 사람이 몹시 드문 병이었다. 발달된 하수시설은 장티푸스균이 물을 통해 퍼지는 것을 완전히 차단했으며, 혹여나 감염되더라도 항생제를 통해 즉각 치료할 수 있었다. 비누로 손을 깨끗이 씻는 것만으로도 충분히 예방이 가능했다.

이 시대에는 아무것도 존재하지 않았다. 물을 소독할 소독약이 없었기에 균은 물속에서 퍼져나갔다. 감염된 환자가 사용한 변소 자체가 병을 퍼뜨리는 감염원이 되었다. 환자가 입었던 옷을 소독할 약도 손을 닦을 비누도 없었다. 이 시대의 인간은 병 앞에서 철저하게 무력했다.

G9는 그들을 돕고 싶었다. 그 동기가 로봇으로서의 본능이든, 의원으로서 가지는 의무이든 간에 역병에 죽어가는 사람들을 구하고 싶었다.

예전에 G9는 이 시대의 사람들이 자신에게 품은 감정에 대해서 생각한 적이 있었다. 처음에는 그들이 감정을 품고 자신을 대하는 것을 이해하지 못했다. 그때 G9는 자신의 '감정'이란 프로그램으로, 미래의 인간들이 인공두뇌에 설정한 가짜에 지나지 않는다고 여겼다. 로봇들도 G9처럼 자신의 행동 원리가 인간을 흉내 낸 것에 지나지 않음을 잘 알았다. 그렇기에 인간과 로봇은 서로를 신뢰하지 않았다. 인간과 로봇 사이에 진심이 통하는 관계란 몽상 섞인 환상에 지나지 않았다.

그러나 이 시대의 사람들은 달랐다. 그들은 '진심'으로 G9를 대했다. 그들은 G9의 행동을 로봇으로서 설정된 것이 아닌 그저 한 인간의 행동으로 여겼다. 그들에게 G9는 진짜 인간이었다. 그것이 G9를 놀라게 했고, 고민하게 했으며, 이윽고 황홀하게 했다. 이 시대의 사람들 속에 있으면서 G9는 완전히 새로운 존재가 되었다. 그것이 로봇으로서 얼마나 놀라운 특권인지는 G9 스스로가 잘 알았다.

한때 G9는 미래의 인간들에게 설정당한 자신의 본능에 따른 행동을 의심하고 부정했었다. 이제 G9는 그것을 의심하지도 부정하지도 않았다. 타인을 돕고자 하는 열망을 자신의 몸으로 행한 순간 그의 본능은 가짜가 아닌 명백히 존재하는 것이 되었다. G9는 미래의 인간들이 사신에게 그러한 마음을 준 것을 감사했다.

＊

아이를 안은 G9가 강가 마을로 달려갔다. 등짐은 사람들을 치료하기 위한 약재로 가득했다. 열에 들뜬 주선은 고통스러워하며 계속해서 같은 말을 중얼거렸다.

"아버님, 어머님."

아이는 계속해서 부모를 찾았다.

G9는 주선이 알아듣지 못할 걸 알면서도 아이를 위로해주고 싶었다. 그렇기에 그 말을 했다. 나중에 생각해보면 그 말이 이후의 자기 삶을 결정지었다. 그 말을 한 뒤에 G9는 하나의 깨달음을 얻었는데, 그 깨달음 덕에 G9는 미래로 귀환하는 대신 이 시대에 남아 있기로 했다. 그는 아이들이 무사히 자라나는 모습을 옆에서 지켜보고 싶었

다. G9는 자신의 임무와 로봇으로서의 운명을 스스로 버렸다. 그때 그는 새로운 존재로 다시 태어났다.

열에 달뜬 주선을 위해 G9는 이렇게 말했다.

"그래요. 주선. 아버지가 여기에 있습니다."

그 순간 G9는 하나의 깨달음을 얻었다. 여기에선 자신은 무엇이든 될 수 있다고, 심지어 아이의 아버지가 될 수도 있을 거라고. G9는 그 문장에 하나의 글자를 덧붙였다.

내가 '이' 아이의 아버지가 될 수도 있다고.

3
부

15

종부

잘려나간 종부의 팔이 다시 붙는 데에는 사흘이 걸렸다. 평소 종부는 태양의 빛을 양분 삼지만, 상처를 입었을 때는 음식을 먹어주었다. 그의 몸을 구성하는 나노머신은 종부가 섭취한 유기물을 원료로 자가 증식했다. 종부가 떨어진 팔을 부목으로 어깨에 고정하자 자가수복 기능이 작동하면서 몸과 팔이 천천히 결합했다. 갑진이 그 과정을 지켜보며 탄성을 내질렀다.

"아버님의 몸은 정말 신비하군요. 사람의 몸이 이런 식으로 낫는 건 처음 봅니다."

"갑진은 제가 무섭지 않나요?"

종부가 조심스럽게 물었다. 갑진은 미소를 지으며 고개

를 저었다.

"아버님이 범상치 않은 분이라는 건 이미 알고 있었습니다. 아버님은 평소에 진지도 잘 드시지 않으시면서, 아무리 오래 일하셔도 지치지 않으셨죠. 또 얼굴은 얼마나 희고 잘 생기셨는지 아버님이 여인에게 관심을 두셨다면 고향에선 아버님을 차지하려고 여자들끼리 싸움을 벌였을 것입니다. 시간이 많이 흘렀는데도 주름 하나 생기지 않으셨죠. 모두가 아버님이 보통 분이 아니라는 걸 알고 있습니다."

"그런데도 이상하지 않았나요?"

"아버님께선 사람에게 중요한 건 겉모습이 아니라 내면의 마음이라고 저희에게 가르치셨죠. 말뿐만 아니라 스스로 그것을 실천하셨습니다. 의원으로서 아버님은 사람을 구분하지 않고 최선을 다해 사람을 치료하셨습니다. 아버님에게 중요한 건 신분이나 부가 아니라 누군가 다치거나 병들었다는 사실뿐입니다. 그런 아버님을 누가 두려워하고 이상하게 생각하겠습니까?"

갑진의 말을 듣고 종부는 조선에 와서 만난 사람들을 떠올리며 자신도 모르게 미소를 지었다.

"나는 여태까지 좋은 사람을 많이 만났어요. 운이 좋았습니다."

"아닙니다. 저희야말로 아버님을 만났기에 여태까지 살

아올 수 있었습니다. 아버님이 저희 남매에게 주신 사랑은 죽어서도 보답하지 못할 것입니다."

종부는 갑진의 얼굴을 세세히 살피고는 말했다.

"갑진, 우리는 참 닮은 것 같습니다."

"아들이 아비를 닮은 건 당연한 일 아니겠습니까."

종부는 마음속에 어떤 감정이 피어올라 뭐라 대답하지 못했다. 여태까지의 세월이 축적한 데이터가 자신이 느낀 감정을 '감동'이라고 말해주었다. 갑진은 종부의 상처를 천으로 감쌌다.

"나리, 밥을 가져왔습니다."

종부가 머물던 천막 밖에서 누군가가 소리쳤다. 갑진이 들어오라고 말했다. 여자아이가 고개를 숙이고 나무 쟁반에 담긴 음식을 가져왔다. 종부는 그 아이가 영주의 방에 있던 아이라는 걸 알아봤다. 아이는 다행히 그 후의 싸움에 휘말리지 않았는지 다친 곳은 없는 것 같았다. 아이가 밥과 국을 내려놓고 조용히 천막에서 나갔다. 종부는 움직일 수 있는 손으로 수저를 들어 밥을 열심히 먹었다. 갑진은 아버님이 이렇게 잘 드시는 걸 보니 보기 좋다며 기뻐했다.

싸움이 벌어지는 동안 조선인들은 수용소에 갇혀 있었다. 그들은 크게 싸우는 소리가 들리자 공포에 질렸다. 한참 동안 나던 소리가 그치고 밖이 조용해진 이후에도 조선인들은 불안에 떨어야 했다. 그러나 왜병들이 들어와 옥의 문을 열고 조선인들을 풀어주기 시작하자 그들은 어리둥절해 있다가 곧 기쁨의 환성을 내질렀다.

✳

상처를 다 치료한 날, 종부는 영주를 찾아갔다. 영주는 종부의 잘린 팔이 붙어 있는 것을 보고 기막혀했다.

"네 팔을 자르기 위해서 검 열 자루를 부러뜨렸는데, 그 팔이 붙었다고?"

"난 보통 사람과 다른 존재요."

"이 망할 조선 땅에서 어서 떠나고 싶구나."

"떠나면 될 것 아니오."

종부의 말에 영주는 헛웃음을 터뜨렸다.

"그랬다면 관백이 나를 할복시키고 내 땅을 빼앗았을 것이다. 몸이 다 나았다면 빨리 저 거지 같은 조선놈들을 데리고 사라져라! 네놈을 다시는 보고 싶지 않다!"

"그건 나도 마찬가지요, 왜인."

종부는 영주의 눈을 들여다봤다. 그 눈짓에 영주가 흠칫 몸을 떨었다.

"절대 나와 다시 마주치지 마시오. 알겠소?"

"이… 건방진 놈…."

영주가 욕을 내뱉었지만, 말을 잇지 못했다. 그는 종부의 눈을 피했다.

키리시탄들은 죽은 사사키에몽과 무사의 시신을 태워 재로 만든 후 네 등분하여, 각각 대나무통에 넣고 봉했다. 그런 다음 대나무통을 각자의 몸에 지녔다. 그렇게 하면 넷 중에 하나만 돌아가더라도 재를 고향에 매장할 수 있을 것이기 때문이었다.

그들은 헤어지는 종부에게 목숨을 구해준 것에 감사하다고 연신 말했다. 그리고 사사키에몽과 죽은 무사에 대한 이야기를 들려주었다. 무사의 이름은 이치로였다. 왜인들이 장남에게 잘 붙이는 이름이라고 했다. 이치로의 세례명은 마태오였다. 사사키에몽의 세례명도 알게 되었다. 도미니크였다. 종부는 사사키에몽이 산속 동굴에서 병에서 회복된 직후를 떠올렸다. 아침에 깨어난 사사키에몽은 움직일 수 있게 되자. 무릎을 꿇고 두 손을 공손하게 모은 뒤 기도했다.

"기도하며 무슨 생각을 했습니까?"

"살아 있다는 것에 감사를 드렸습니다. 죽을 뻔했는데 은인을 만나 목숨을 건졌습니다. 신께서 돌봐주시지 않으면 불가능한 일입니다. 또 저와 함께 버려져서 죽은 병자들을 위해 기도했습니다. 신께서 그들을 저승에서 잘 돌봐드리길 간청했습니다."

아침 햇살 속에서 사사키에몽이 미소 지으며 말했다. 종부는 자신이 그 모습을 영원히 간직하리라는 걸 알았다.

키리시탄들은 남쪽과 북쪽으로 나뉘는 갈림길에서 종부와 헤어졌다. 그들이 영주에게 벌 받은 것이 종부가 각성한 이유였으므로 진지에 남는다면 보복당할 가능성이 있었다. 종부는 그들에게 조선군에게 투항할 것을 권유했지만, 키리시탄들은 고향에 돌아가기를 강하게 원하며 종부의 권유를 물리쳤다. 그들은 진주의 남쪽에 있다는 동향의 다른 영주가 이끄는 부대로 간다고 했다.

"첩자나 탈영병으로 몰려 죽을 수도 있고, 다시 전쟁터에 돌아갔다가 죽을 수도 있습니다. 병이나 굶주림으로 죽을 수도 있고요. 그래도 그곳으로 간다는 겁니까?"

"그렇습니다. 그래도 고향에 가는 방법이 그것밖에는 없으니까요."

병사 중 하나가 쓸쓸하게 웃으며 말했다. 갑진이 그의 이야기를 종부에게 전해 듣고 탄식했다.

"저희야 고향에 가고 싶거든 두 발로 걸으면 그만인데, 그들은 전쟁터로 다시 돌아가야 한단 말입니까?"

평소에는 왜병을 못마땅해한 갑진도 그들의 비참한 신세를 동정했다. 종부는 그들이 바라던 대로 고향으로 돌아가기를 간절하게 바랐다.

"그렇다면 은인이시여. 안녕히 계시길. 저희들의 목숨을 구해주셨는데 그 은혜를 갚을 방법이 영영 없겠군요."

종부에게 작별인사를 남긴 키리시탄들이 시야에서 사라진 후, 갑진은 혼란스러워 보였다. 종부가 물으니 갑진은 주저하다가 그 이유를 이야기했다.

"저는 여태까지 왜병들이 인간을 죽이기 좋아하는 야차들인 줄로만 알았습니다. 하지만 키리시탄들은 달랐습니다. 칼만 놓으면 그냥 우리 조선인과 다르지 않아 보입니다."

"인간은 상황에 따라서 적응하는 존재입니다. 많은 왜병이 자신의 의지와는 무관하게 이 땅으로 끌려왔습니다. 그들의 땅에선 오랫동안 전쟁이 일어났고 왜인들은 전쟁에 빠르게 적응해 쉽게 잔혹해졌지만 어떤 인간이 잔혹한 심성만을 가지고 태어나겠습니까. 이 전쟁이 일어나지 않았다면 왜인은 고향 땅에서 평화롭게 살았겠지요."

종부의 말에 갑진은 깨달은 바가 있는지 조용히 고개를 끄덕였다.

종부와 갑진은 키리시탄들과는 반대로 북쪽을 향했다. 풀려난 조선인 포로들이 그 뒤를 따라갔다.

＊

　풀려난 조선인들이 바로 흩어진 것은 아니었다. 당장 먹을 것도 갈 곳도 마땅치 않았다. 종부는 왜병들에게 약간의 식량과 강을 건널 때 타고 갈 배를 요구했다. 영주는 뻔뻔하다며 화를 냈지만, 순순히 요구를 들어주었다. 평소 교육 목적으로 인간에게 폭력을 가하는 걸 반대하던 종부는 유순하게 변한 영주의 태도가 자신의 신념과 배치되는 것 같아서 속이 상했다.

　영주의 항복으로 종부의 윤리규칙은 해제되었다. 인간을 공격할 수 있던 상태에서 평소처럼 돌아온 종부는 의원의 본분에 따라서 다친 왜병들을 치료했다. 다치게 한 상대가 상처를 치료하려고 하니 왜병들은 종부를 이상하다는 듯 쳐다봤다. 그러다가도 종부의 괴력이 떠올랐는지 입을 굳게 다물고 치료를 받았다.

　"저들이 이 일을 어떻게 받아들일까요?"

　떠나는 조선인들을 멍하니 바라보는 왜병들을 두고 갑진이 종부에게 물었다.

　"한밤의 꿈처럼 여길 겁니다."

　"정말 그럴까요? 저들이 원한을 품고 아버님을 찾을까 겁이 납니다. 진주성을 공격할 때 그랬던 것처럼 복수한다며 왜병들끼리 힘을 합치면 어떻게 합니까?"

갑진의 말에 종부는 작게 미소 지었다.

"저들이 하는 말은 아무도 믿어주지 않을 겁니다. 이 일을 관백에게 보고한다면 아마 영주가 멍청해서 병사를 잃어놓고서는 헛소리를 늘어놓는다며 노하겠지요. 제가 한 일이 기록으로 남을 수는 있으나, 아무도 믿지 않을 겁니다. 오히려 비웃음만 받을 것을 영주도 잘 알고 있지요. 그러니 영주는 다른 핑계를 댈 것이고 그 때문에 제가 한 일은 남들에게 알려지지 않을 겁니다. 그렇기에 역사는 변하지 않는 것이지요."

＊

다시 은골로 떠나기 전에 종부는 주선과 마을 장정들의 유골이 든 상자를 찾았다. 혹시 땅에 묻은 상자의 내용물이 상했을까 걱정했지만, 다행히 안의 유골은 무사했다. 갑진은 주선의 유골이 든 주머니를 껴안고 형님, 형님, 하며 한참 동안 울었다. 잠시 후 조금 진정한 갑진은 주머니를 향해 두 번 절했다. 오래 울어 눈이 퉁퉁 부어 있었다.

"이제 형님을 고향에 모셔갈 때군요."

"그래요. 드디어."

종부와 갑진은 언덕을 내려갔다. 조선인 포로들이 그들을 기다리고 있었다.

왜병들이 준비한 배는 조선인 포로들이 모두 탈 수 있을 정도로 컸다. 포로 중에 배를 몰아본 이가 있었다. 몇몇 사내가 그를 도와서 배를 몰았다. 친부모를 홍수로 잃고 본인도 익사할 뻔한 갑진은 배를 타는 것을 굉장히 두려워했다. 종부는 몸을 떠는 갑진의 등을 조용히 어루만져주었다.

포로들이 가늑한 배는 강을 따라 북쪽으로 갔다. 지리산 자락에서 시작되는 강들은 폭이 좁고 물살이 세찼으므로 계속 배를 타고 갈 수는 없었다. 갈 수 있는 곳까지 가고 배를 강가에 대니 사람들은 이곳이 산청 땅이라고 했다.

산세가 험한 지리산은 왜병들도 가까이 가길 꺼렸기에 전쟁의 영향 없이 비교적 멀쩡한 마을을 찾을 수 있었다. 산자락에 있는 가난한 마을이었다. 많은 이들이 몰려오자 놀란 마을 사람들이 사방으로 도망치다가 조선인인 걸 확인하고 되돌아왔다. 종부와 갑진이 마을 사람들에게 물으니 그 근처에는 의병이 활동하고 있었고 관아 역시 있다 하여, 포로들은 저마다 원하는 쪽에 도움을 요청하기로 했다.

종부와 갑진은 같이 온 포로들에게 작별을 고하고 가던 길을 가겠노라고 말했다. 한시바삐 은골로 돌아가고 싶었다. 왜병의 진지에서 오랫동안 같이 고생한 사람들은 눈물을 흘리며 종부와 갑진을 배웅했다.

둘이 왜병에게 잡힌 것이 여름이었는데 자유의 몸이 된 지금은 이미 가을이었다. 한 계절이 순식간에 지나가버렸다. 종부는 유골이 든 상자를 메고 산을 올랐다. 은골로 가기 위해선 지리산의 기슭을 따라 빙 돌아가야 했다. 마을에서 산길을 잘 아는 약초꾼을 붙여주었기에 가는 데 길을 잃을 염려는 없었다.

지리산 곳곳에는 화전민들의 마을이 흩어져 있었다. 일행은 약초꾼의 안내로 매일 그런 마을에 들러 하루를 묵고 가고는 했다. 찢어지게 가난한 사람들이 모여 사는 산골 마을은 막상 전쟁이 터지자 외딴곳에 고립된 덕에 비교적 평화로운 일상을 영위할 수 있었다. 종부는 하루를 머물게 해준 대가로 사람들을 간단하게 치료해주었다.

그들은 지리산을 크게 돌아 남원에 도착할 즈음 한 마을에 들렀다. 약초꾼의 친구가 산다는 마을이었다. 마을에 들어갔는데 이상하게 인기척이 느껴지지 않았다. 불안함을 느낀 약초꾼이 친구의 집으로 황급히 뛰어갔다. 이미 한 번 비슷한 일을 겪은 종부와 갑진은 이 마을에서 벌어진 일을 금방 눈치챘다. 곧 약초꾼이 통곡하는 소리가 들렸다.

마을은 경상도에서 전라도로 넘어가는 고갯길과 가까웠다. 몇 달 전에 진주성이 함락된 뒤, 왜병이 남원까지 와서 약탈한다는 이야기를 들은 적이 있었다. 이 마을도 그 왜병들에게 공격당한 것 같았다.

마을은 시체로 가득했다. 약초꾼의 친구와 그의 가족도 모조리 살해당한 후였다. 종부는 시체들의 상태를 보고 왜병들이 이곳을 습격한 것이 최근이라고 추측했다. 그 말에 약초꾼의 얼굴이 창백해졌지만, 시신을 이대로 놔두고 갈 수는 없었다. 종부와 갑진, 약초꾼은 마을 사람들의 시신을 거두어 매장했다.

일행은 쓸 만한 물건을 찾아서 가기로 했다. 원래 주인이 있던 것들이었겠지만, 마을 사람들이 모두 죽은 마당에 가릴 이유는 없었다. 왜병들이 집을 꼼꼼히 뒤지며 약탈을 했기에 남은 것은 많지 않았으나, 생전의 마을 사람들과 비슷한 생활을 하는 약초꾼은 집에 들어갈 때마다 곡식이나 말린 채소 같은 것을 척척 찾아냈다. 전쟁 전에도 때때로 산적들이 마을로 와서 음식을 요구했기에 어떤 식으로든 먹을 것을 숨겨놓아야 했다고 약초꾼은 설명했다.

종부도 약초꾼을 도와 쓸 만한 것을 찾았다. 집집마다 사람들이 생활한 흔적이 고스란히 남아 있었다. 기둥 사이에 매단 줄에는 빨래가 널려 있었고 방 안에는 옷가지와 장난감 같은 물건이 널브러져 있어 보기에 안타까웠다.

종부는 방에서 나와 마루 아래를 살폈다. 그리고 한 아이와 눈이 딱 마주쳤다.

종부가 웬 아이와 돌아오니 갑진과 약초꾼은 눈이 휘둥
그레졌다.

"아버님, 웬 아이입니까?"

갑진이 종부에게 물었다.

"마루 밑을 살피는데 이 아이가 숨어 있었습니다. 겁을
먹어서 나오지 않으려고 하더군요."

아이는 다리를 다쳤는지 걸을 때마다 절뚝거렸다. 갑진
과 약초꾼을 보고 몸을 떠는 아이를 진정시키려 종부는
아이의 머리를 쓰다듬었다.

"이 아이가 누구인지 아십니까?"

종부가 약초꾼에게 물었다.

약초꾼은 머리를 긁적이며 아이의 얼굴을 살폈지만, 아
무것도 떠올리지 못하는 모양이었다.

"저도 이 마을에서 사는 건 아닌지라⋯."

그렇게 중얼거리면서도 포기하지 않고 계속해서 고민
하던 약초꾼은 이내 누군가를 떠올렸는지 맞다! 하고 외
쳤다.

"친구 말로는 몇 해 전에 마을 사람의 친척이 여기로 이
사 왔다고 했는데 그 집 아이 같습니다. 그랬었구나, 그러
니까 내가 너를 몰라본 것이지."

종부는 무릎을 굽혀 아이와 눈을 맞췄다. 아이가 두려
움을 느끼지 않도록 두 손을 부드럽게 잡았다.

"혼자서 무서웠겠네요. 얼마나 숨어 있던 건가요?"

"······."

아이는 땅만 쳐다보고 아무 말도 하지 않았다.

"아이야, 왜 아무 말도 없느냐."

약초꾼이 아이에게 물었다.

"충격으로 말을 잃은 것 같습니다."

갑진이 아이의 얼굴을 살피다가 말했다.

"아까 당신이 있던 집에는 부모님이 계시지 않았습니다. 당신의 부모님은 어디에 있나요?"

종부가 아이에게 부드럽게 물었다.

아이는 종부의 말을 주의 깊게 들으며 그 의미를 되새기는 것 같았다. 아이는 손가락을 펴들어 마을 밖을 가리켰다. 셋은 일제히 그쪽을 바라봤다.

"저쪽에 부모님이 계시나요?"

종부가 물었다.

아이가 고개를 끄덕였다.

아이의 아버지는 칼에 베여 상처를 입은 모습으로 산 중턱에 죽어 있었다. 가족들과 함께 왜병들에게서 도망치다가 따라잡힌 것 같았다. 시신은 이불에 덮여 있었다. 아이가 아비의 시신에 이불을 덮어놓은 듯했다. 아비의 시신이 상하지 않았으면 하는 아이의 마음이 느껴졌다. 어

224

머니의 시신은 절벽 아래에 떨어져 있었다.

시신의 위치를 보고 종부는 이들에게 무슨 일이 생겼는지 짐작했다. 아이의 아버지는 왜병에게 쫓기다 죽임을 당하고, 어머니는 절벽에 맞닥뜨리자 아이를 안고 뛰어내렸으리라. 그 덕에 아이는 다리를 다쳤을망정 살아남을 수 있었던 것이었다.

아이의 어머니 옆에는 떡이나 곶감 같은 먹을 것이 놓여 있었다. 아이가 어머니를 위해서 가져다놓은 것 같았다.

부모의 시신을 매장하는 걸 보면서도 아이의 표정은 무표정했다. 오히려 어린 시절에 친부모를 잃은 갑진이 눈물을 뚝뚝 흘리며 땅을 파냈다.

약초꾼은 왜병과 마주칠 수도 있다는 것을 알자 더는 무서워서 가지 못하겠다고 했다. 돈을 주고 고용한 자도 아니었기에 돌아서는 것을 막을 수는 없었다.

"그런데 이 아이를 어찌하시겠습니까?"

약초꾼이 종부에게 물었다.

마을에 남겨둘 수는 없는 노릇이었다. 여태까지야 마을 사람들이 숨겨놓은 먹을 것으로 버텼다지만 다리까지 불편한 아이가 이 산중 마을에서 어찌 살아갈 수 있을 것인가. 약초꾼은 "전쟁만 아니었다면 내가 아이를 데려갈 것인데…." 하며 혀를 찼다. 종부는 아이를 자기가 데리고 가겠다고 말했다.

"어디 마주치는 마을에 맡기실 생각입니까?"

약초꾼이 물었다.

종부는 고개를 저으며 아이를 은골로 데려가겠다고 답했다. 약초꾼은 안도했는지 얼굴이 밝아졌다.

"거참 다행입니다. 저도 마음이 편치 않았는데….'

약초꾼은 아이의 머리를 쓰다듬으며 말했다.

"씩씩하게 자라니야 한다."

아이는 고개를 숙인 채 몸을 떨었다. 아이는 종부를 제외한 사람을 두려워했다.

약초꾼은 대략적으로나마 산길을 알려주었다. 왜병이 돌아다닐 수도 있기에 가급적 깊은 산길로 다니라고 했다. 다리를 다친 아이는 종부가 안고 다녔다.

"아버님, 이 아이를 어찌하려고 하십니까?"

갑진이 종부에게 물었다.

"갑진이 저를 아버지라고 부를 때까지 몇 년이나 걸렸죠?"

"아니, 갑자기 왜 그런 말씀을."

옛이야기에 갑진이 당황했다.

"아버님의 호적에 오르고 두 해 정도 지났을 때였습니다."

"하진은 바로 아버님, 아버님, 하고 따랐었죠."

종부가 빙그레 미소 지으며 말했다.

"하진이 그 맹랑한 녀석은 처음부터 좋다고 그랬었죠."

갑진도 웃으며 대답하고는 떠오르는 게 있는지 다시 물었다.

"이 아이를 거두실 생각입니까?"

"네. 맞아요. 이 아이가 언제 나를 아버지라고 부를지 궁금하지 않나요?"

"아버님도 참…. 글쎄요. 지금은 자기 이름도 말하지 못하고 있지 않습니까."

종부는 아이에게 이름을 물었지만, 말을 잃은 아이는 대답하지 않았다. 그래도 괜찮았다. 종부에게는 시간이 많았고 아이의 다친 마음을 치유해줄 시간도 충분했다.

종부와 갑진, 아이는 산길을 타고 조심스럽게 전라도로 들어섰다. 전라도는 관군의 영역이라 왜병과 마주칠 일이 없을 거라 생각했는데 때때로 왜병이 움직인 흔적과 마주치고는 했다. 소문으로 들은 것보다 상황이 심각했다.

어느 날 낮에는 지척에 왜병이 있었기에 진주에서 그랬던 것처럼 굴을 파서 숨어 있다가 밤이 되어서야 움직였다. 밤눈이 밝은 종부가 앞서고 갑진이 뒤를 따랐다. 둘은 각각 아이와 유골함을 꼭 끌어안고 산길을 걸었다. 산 밑에선 왜병들의 횃불이 어른거렸다. 종부의 품속에 있는 아이가 겁을 먹고 몸을 떨었다.

통제사 이순신이 남해안에서 왜병의 수군을 막고 있었기에 서해안 쪽 지방은 사람들이 비교적 평화롭게 지내고 있었다. 종부는 몇 개월 만에 장이 서는 것을 보았다. 비록 피난민들이 유리걸식하고 있었고 사방에서 흉흉한 소문이 들려왔지만, 장이 선다는 것은 종부에겐 뜻밖이었다. 종부와 갑진은 값을 치르고 북쪽으로 향하는 배를 얻어 타기로 했다. 큰물을 무서워하는 갑진에겐 안된 얘기였지만, 배를 타고 당진까지 가면 은골까지는 며칠만 더 걸어가면 되었다.

아이가 자신의 이름을 말해준 건 그즈음이었다. 종부와 아이가 해변을 걷고 있을 때였다. 평생을 산에서 산 아이는 바다를 처음 보았고 끝없이 펼쳐진 수평선을 보며 신기해했다. 계속 우울해하던 아이가 바다를 보고 처음으로 아이다운 모습을 보여주었다. 아이가 좋아했으므로 종부는 아이가 질릴 때까지 바다를 보게 해주고 싶었다.

"갑생이요."

처음 아이가 한 말은 파도에 섞여 잘 들리지 않았다. 종부는 되물으려 하다가 아이가 처음으로 입을 열었다는 사실을 깨달았다.

"갑생이요."

아이가 다시 한 번 말했다. 두 번째 말은 종부도 제대로 알아들었다.

228

갑생. 아이의 이름은 갑생이었다.

"갑생, 드디어 당신과 만났군요."

그 말에 아이가 의문 섞인 눈으로 종부를 올려봤다.

16

G9

    지난해 홍수와 뒤이어 역병이 퍼지자 사람들은 농사도 제대로 짓지 못하고 이대로 다 굶어 죽겠구나 하며 절망했다. 그때 박종수가 창고에서 곡식을 풀어 고을에 굶어 죽는 사람이 없게 했다. 역병은 밥을 굶어 몸이 약해진 사람들에게 더욱 치명적이었기에 박종수가 곡식을 푼 것은 역병을 수습하는 데 큰 도움이 되었다. 고을의 관리가 그 사실을 상세히 적어 조정에 보고했다. 한 해가 지나 조정에서 박종수의 공을 기려 벼슬을 내린다는 답이 왔다.

    벼슬을 받은 일로 박종수의 집에서 큰 잔치가 열렸다. 고을에서 박종수의 곡식을 먹지 않은 이가 없었기에 온 마을 사람들이 박종수의 집으로 몰려왔다. 다들 깨끗한 옷을 입고, 먹을거리나 선물을 한 아름 든 채였다. 사람들이 돌아가며 박종수의 은덕을 칭송했다. 실제로 박종수의 공이 있었음에도 그가 사람들의 칭송을 즐기고만 있자 G9는 속으로 혀를 찼다. 지겹지도 않나.

"그해 가을과 겨울엔 무짠지만 먹었는데 고생한 보람이 있었군."

박종수가 술잔을 들이키며 말했다.

말은 그렇게 했지만 G9는 박종수가 사람들에게 줄 곡식을 얻으려고 다른 고을에 사는 친척들과 친구들을 찾아가 곡식을 빌려온 것을 잘 알고 있었다. 정말 곤궁했을 때는 무짠지도 없어서 집안사람들이 며칠 동안 쫄쫄 굶기도 했다. 오죽했으면 G9가 이러다가 당신이 병이 들겠다고 박종수를 타박했었다.

"지난해는 정말 지독했지. 자네도 고생이 많았네."

박종수가 G9에게 말했다.

"당신도 고생 많았습니다. 나야 의원이니 당연한 거지만 당신이 그렇게 자기 식구도 굶길 정도로 곡식을 나눠 줄 필요는 없었는데."

"아냐, 아냐. 사람들이 죽어가는데 나만 잘살면 그게 무슨 재미인가? 친구가 사람을 살리겠다고 동분서주하는데 나도 도울 수 있는 건 도와야지."

박종수가 술에 취해 벌게진 얼굴로 말했다.

'친구? 우리가 친구였나?'

박종수의 말에 G9가 생각했지만, 굳이 입 밖으로 내서 간만의 화기애애한 분위기를 망치지는 않았다. 이제 이 시대에 꽤 적응한 G9에게는 눈치랄 게 생겼다.

"어르신, 제가 술 한잔 따라드리겠습니다."

박종수에게 사내 하나가 다가오며 말했다. 그럼, 그럼, 내 받아야지. 박종수는 고개를 끄덕이며 사내에게 술을 받았다.

"의원님께도 술 한잔 올리겠습니다."

박종수에게 술을 따른 이가 G9에게도 술을 따르려 했다. G9는 손사래를 치며 술을 받는 걸 거절했다.

"그래, 저이는 위가 안 좋아서 밥도 잘 못 먹는데 술을 마실 수 있겠는가."

웬만하면 음식물을 먹지 않는 G9를 두고 어느새 그런 소문이 퍼져 있었다. 사실과 다른 소문이었지만 G9에게 도움이 되었기에 정정하지는 않았다.

"그렇군요. 그럼 의원님, 절 한번 받으시지요."

그렇게 말하고 사내는 G9를 향해 넙죽 절을 했다.

"의원님이 아니셨다면 식구가 모두 죽었을 겁니다. 평생에 갚지 못하는 은혜를 입었습니다."

사내는 지난해 G9가 염병을 치료해준 환자였다. 고을 사람 중 박종수의 곡식을 얻어먹지 않은 이가 없던 것처럼, G9의 치료를 받지 않은 이도 없었다. 사람들은 박종수에게 술을 따르고 G9에겐 절을 했다. 계속해서 술을 받아 마신 박종수의 얼굴은 이제 잘 익은 홍시처럼 빨갛게 변해 있었다. 박종수가 이대로 술에 취해 쓰러지는 것은 아닌지 걱정하던 G9는 더 늦어지기 전에 본론을 꺼냈다.

"그런데 할 말이 있다 하지 않았습니까?"

G9의 말에 박종수는 술에 취해 풀린 눈으로 그를 쳐다봤다.

"내가? 무슨 말을?"

'이 양반이.'

G9가 속으로 박종수를 욕했다.

"아, 맞다. 맞아, 맞네. 할 이야기가 있었어."

그렇게 말하고 박종수는 벌떡 일어났다. 술에 취한 몸이 불안하게 휘청거렸다. G9가 한숨을 쉬며 그 뒤를 따랐다.

박종수는 G9를 사랑방으로 안내했다. 상석에 앉은 그는 종에게 시원한 물을 한잔 떠오게 했다. 곧 종이 물을 가져오자 그는 물을 벌컥벌컥 들이켰다.

"이제 정신이 좀 듭니까?"

G9가 박종수에게 물었다. 박종수는 고개를 끄덕였다.

"아이고, 내 정신 좀 봐."

"기껏 불러놓고 술이나 마십니까?"

G9가 박종수를 타박했다.

"자네는 항상 그렇게 불퉁하더군. 이게 나만 좋다고 열린 잔치가 아닐세. 자네를 위해서 열린 것이기도 하지."

"저를 위해서요?"

G9가 물었다.

"그렇다네. 지난해에 자네에게 목숨을 빚진 자가 못해도 수백인데 자네는 그들이 보답하겠다는 걸 거절했지. 이 잔치가 내 재물로만 열린 건 줄 아나? 마을 사람들도 많이 거들었다네. 사람들 성의를 생각해서, 주겠다는 건 좀 받아두게. 이제 자식도 있는 몸인데."

G9는 박종수의 도움으로 호적을 만들고 집에서 같이 사는 아이들을 자식으로 입적시켰다. 부모 없는 아이들이라 만만히 보고 데려가서 종이나 며느리 삼겠다는 사람들이 자꾸 있었기에 짜증이 난 G9가 아이들을 입양해버린 것이었다.

"그것도 그렇네요. 앞으로는 잘 받겠습니다. 설마 그 얘기를 하려고 저를 부른 건 아니겠죠?"

말이 많은 박종수의 성격상 이대로 두면 또 한참을 붙잡혀 있을 것 같기에 G9는 빨리 본론으로 넘어가자며 재촉했다.

G9의 재촉에 박종수는 서랍에서 서신을 하나 꺼내서

보여주었다.

"이게 뭡니까?"

G9가 물었다.

"뭐긴 뭐겠나, 내가 조정에 올린 상소문이지. 얼마 전에
야 답이 왔다네."

"그걸 왜 저한테 보여줍니까?"

"내가 자네가 한 일을 상세하게 적어서 조정에 보고했
다네. 지난해에 자네가 없었다면 기백 명의 사람이 죽었
을걸세. 그런데 그 일로 나만 상을 받는 건 불공평한 일
아니겠는가. 조정에서 자네에게도 작은 벼슬을 내린다고
하더군."

G9는 박종수가 멋대로 저지른 일에 어이가 없어서 허,
하고 웃어버렸다.

"역시 좋아할 줄 알았네. 자네가 한 일이 있는데 당연히
상을 받아야지."

"저는 당연히 제가 할 일을 했을 뿐입니다. 상을 받으려
고 한 일이 아닙니다."

"그 일이 염병에 걸려 죽어나갈 사람 기백 명을 살린 거
라면 얘기가 다르지. 옳은 일을 했다면 그것에 맞는 보상
을 해주는 것이 나라의 올바른 통치 아니겠는가?"

"허허."

G9는 자신이 한 일을 적어놓은 상소문을 살펴봤다. 이

문서 기록이 미래까지 남게 된다면 이 시대에 G9가 있었다는 게 기록되는 것이었다. G9는 자신의 이름이 있을 자리에 적힌 낯선 이름을 보았다.

"여기 윤종부라고 적혀 있군요."

G9는 사람들이 자신을 그렇게 부른다는 걸 알고 있었다.

"돌아가신 어머님이 자네를 그렇게 불렀지. 자네 이름이 말하기 어려우니 하나둘 그렇게 불렀었고. 지난해 관리가 조정에 보고를 올릴 때 자네에게 이름을 물으니 자네도 그렇게 말했다던데?"

박종수의 말에 G9는 어처구니가 없었지만 고개를 끄덕였다. 관리가 이름을 제대로 알아듣지 못해서 대충 대답했던 것이었는데 어느새 그의 이름이 되었다.

G9는 윤종부가 누구인지 알고 있었다. 아주 오래전, 아니, 먼 미래에서 조선으로 오던 때부터 알고 있었다. 연두가 입력해준 방대한 조선 중기 데이터 속에 입력된 인물 중 하나였다. 미래에 있는 누구도 윤종부가 G9라는 것을 알지 못했다. G9는 윤종부에게 어떤 미래가 펼쳐져 있는지도 알고 있었다. 그가 만들 가정이 어떨지, 가족들이 누구인지, 마지막으로 그가 죽어 무덤에 묻히는 때가 언제인지까지. 그러나 그 과정에서 그가 자식을 먼저 보내고, 로봇으로선 느낄 수 없는 슬픔을 갈구하리라는 것은 알지

못했다. G9가 윤종부에 대해 알고 있는 것들은 결국엔 글자에 지나지 않았기 때문에.

박종수의 방에서 나온 G9는 갑진과 하진을 불러들였다. 둘은 기름진 음식을 배부르게 먹은 후 어른들을 따라 잔칫집에 온 아이들과 함께 뛰어놀고 있었다.

"아버님! 이제 집에 가는 건가요?"

하진이 G9에게 매달렸다.

"네, 그렇습니다. 하진은 더 놀고 싶나요? 그러면 제가 어두워지기 전에 데리러 오겠습니다."

"아니요, 괜찮습니다. 다 놀았어요."

하진이 신나서 새처럼 쫑알거렸다.

G9와 갑진, 하진은 나란히 손을 잡고 박종수의 집에서 나섰다. G9가 떠나려고 하자 마을 사람들이 일어나 그에게 인사를 했다. 하진은 집에 있는 주선에게 주려고 잔치 음식을 잔뜩 챙겼다.

"오늘은 많이 놀았나요?"

G9가 갑진과 하진에게 물었다.

"네. 아버님."

"그렇습니다. 나리."

G9를 곧장 아버지라고 부르는 하진과는 달리 갑진은 아직 아버지라 칭하는 걸 어색해했다.

"그러고 보니 숙제를 내주었죠. 집에 가는 동안 얼마나 숙제를 했는지 확인해보겠습니다."

G9가 말하자. 하진은 네! 하며 활기차게 대답했다. 반대로 갑진의 얼굴은 창백해졌다. G9는 아이들을 호적에 올린 이후 자신이 알고 있던 의학 지식을 가르치기 시작했다. 배우는 속도로 순서를 가리자면 하진이 제일이고, 그다음이 주선, 가장 뒤처지는 건 갑진이었다. 예전부터 G9가 눈여겨봤던 하진의 총명함은 기대 이상이었다. G9는 가끔 하진이 다른 시대에 태어났다면 지금과는 전혀 다른 인생을 살았을 텐데, 하며 안타까워했다. 갑진은 반대로 공부에는 영 소질이 없었다. 그러나 그것을 부끄러워하고 꾸준히 노력했기에 G9는 기다려준다면 곧 따라올 거라 생각했다.

주선은 재능으로는 하진보다 못했지만, 제일 열심이었다. 돌아가신 친할아버지와 친아버지도, 자신을 입양한 양아버지인 G9도 의원이었다. 주선은 그 사실에 어떤 의무감을 느낀 것 같았다. 한번은 자신이 G9의 가르침을 잘 따라가지 못한다며 시무룩해한 적이 있었다. 그런 주선에게 G9는 의원에게 실력보다 중요한 것은 환자를 생각하는 마음이라고 말해주었다.

"아버님처럼 말인가요?"

주선이 G9에게 물었다.

"흠…."

진짜 이유는 인간에게 봉사한다는 로봇의 원칙 때문이었지만 주선의 눈에는 G9가 환자들을 끔찍이 아끼는 것으로 보일 것이었다.

"뭐…. 그렇지요."

G9가 어쩔 수 없이 동의했다.

오늘도 주선은 잔칫집에 가기보다는 집에 남아서 공부를 하겠다고 했다. 아직 어린 나이인데 굳이 그렇게까지 하나 싶었지만, 열심히 하겠다는 마음이 기특해 마음대로 하도록 두었다.

G9가 남매와 함께 마당으로 들어가자 인기척을 느낀 주선이 장지문을 열고 밖으로 나왔다.

"아버님, 다녀오셨습니까."

주선이 공손하게 인사했다.

"그래요, 다녀왔습니다."

G9가 마주 인사했다.

지난해에 크게 병을 앓은 주선은 G9의 치료 덕에 기적적으로 몸이 나았다. 고비가 없었던 것은 아니었다. 주선의 몸이 열로 끓어오를 때마다 G9는 아이를 잃을까 두려워했다. G9의 처방으로 아이의 몸에서 열이 내려갔을 때, G9는 눈부신 기쁨을 느꼈다. 그리고 이어 당혹감을 느꼈다. 여태껏 G9는 로봇의 윤리규칙을 따라왔다. 그 규칙은 사람들 사이의 우선순위를 정하지 않게 되어 있었다. 주선이 나은 걸 보고 기쁨을 느꼈다는 건 그의 내부에서 주선의 우선순위가 다른 인간들보다 높게 설정되어 있다는 걸 의미했다. 그 변화를 G9는 어떻게 받아들여야 할까.

*

G9는 매일 밤 아이들에게 의학을 가르쳤다. 초를 켜놓은 방에서 아이들에게 다양한 병의 증세와 치료법을 설명해주었다. 아이들은 눈을 빛내며 G9의 가르침을 들었다. G9는 그런 아이들을 보면서 감탄했다. 내가 이 아이들을 기르고 있다니. 내가 이 아이들의 아버지가 되다니.

G9는 고개를 숙이고 의학책을 읽는 주선에게 눈을 두었다. 자신이 주선을 살렸다. 죽어가는 아이에게 새 생명을 주었다. 아이는 친어머니에게서 태어나 첫 번째로 생명을 얻었고 G9가 살림으로써 두 번째로 생명을 얻었다.

G9는 병을 앓다가 몸이 나아 자신을 쳐다보던 주선의 맑은 눈을 기억했다. 밤새 앓다가 아침에 깬 아이는 자신이 왜 여기에 있는지 궁금해했다. 주선은 G9를 쳐다보더니 안심한 건지 희미하게 미소 지었다. G9는 그 순간 자신이 이 아침을 영원히 기억할 것이라는 사실을 직감했다.

G9에게 입력된 데이터베이스는 하나의 서고와도 같았다. 책장에서 책을 찾듯이 여태까지 G9는 자신에게 필요한 데이터를 찾아왔다. 그가 찾지 않은 데이터들은 오래 찾지 않아 먼지가 쌓인 책들처럼 방치되어 있었다. 윤종부에 대한 데이터는 그런 데이터 중 하나였다. G9는 자신의 행적이 윤종부라는 이름으로 역사에 기록된 것을 알게 되자 마음속의 서고에서 윤종부에 대한 기록을 찾고, 읽어나갔다. 역사서에 기록되길, 윤종부는 의술이 뛰어나 많은 이를 치료했으며 멀리까지 명의라 소문이 났다. 기묘년에 역병이 돌았는데 그때 많은 이를 살려 벼슬을 받았다고 했다. 슬하에는 네 자식을 두었는데 모두 친자식이 아닌 양자였다. 그러나 윤종부가 그 아이들을 키우는 정성이 친자식을 키우는 것보다 더했다고 했다.

기록에는 윤종부가 키우는 아이들의 이름도 나와 있었다.

윤주선, 윤갑진, 윤하진, 그리고 아직 만나지 못한 윤갑생.

윤종부가 누구인지 G9는 처음부터 알고 있었다. 미래에서 그에게 심어준 막대한 데이터베이스에 그에 관한 기록이 남아 있었다. 다만 그게 자신인지를 몰랐을 뿐이었다. G9가 윤종부의 존재를 눈치챘을 때 그는 이미 윤종부의 삶을 살아가고 있었다. 그렇기에 G9는 자신이 윤종부임을 부정할 수 없었다. 그가 의도하던, 의도하지 않았든 간에 그는 이미 이 시대에서 한 인간으로서 살아가고 있었다.

이제 G9는 자신이 윤종부임을, 로봇인 자신이 이 아이들의 아버지임을 인정했다.

그렇게 G9는 의원이자 네 아이의 아버지인 윤종부가 되었다.

17

G9 그리고 쫑부

은강을 건너고 꼬박 한나절을 걸으면 가장 먼저 도착하는 곳이 삼진 주막이었다. 은골을 떠나는 이들은 그 주막에 들러 하룻밤 잠을 청하고 다음 날 아침 걸음을 옮겼다. 반대로 은골로 향하는 이들은 저녁 전에 그곳에 도착해 묵은 후 아침에 삼삼오오 모여서 은골까지 걸어갔다. 종부와 갑진은 떠날 때 삼진 주막에서 하룻밤을 지냈었다. 이제 거꾸로 은골로 돌아가기 위해서 그곳에 들렀다.

온 나라가 전쟁터로 변했으니 주막이 무사할지는 종부도 확신할 수 없었으나, 다행히 주막은 건재했다. 매서운 겨울바람이 입구에 걸린 '酒' 자가 쓰인 깃발을 세차게 흔들고 있었다. 왜병이 침략하기 전에는 은골로 향하는 장사꾼들이 드나들어 매일이 왁자했던 곳이었다. 지금은 장사꾼 하나 없이 쓸쓸한 분위기만 감돌았다. 종부의 심부름으로 주선과 함께 이웃 고을에 약재를 구하러 다니고는 했던 갑진은 주막의 주모와 안면이 있었다. 주막이 가까워지자 갑진은 마당으로 뛰어가서 주모를 찾았다.

"주모! 주모!"

갑진이 소리치자 안쪽에서 네! 하며 대답하는 소리가 들렸다.

"그렇게 소리 안 질러도 알아들어요."

무심코 문을 열고 나온 주모는 갑진과 그 뒤에 서 있는 종부를 보고 깜짝 놀란 듯 눈을 동그랗게 떴다.

"아니, 이게 누구야! 윤 의원님, 갑진 도령 아니오!"

주모가 집 밖으로 뛰어나왔다. 아는 사람을 만나니 고향에 가까워진 걸 실감하는 듯 갑진은 눈물까지 글썽거렸다.

"아이고, 이 도령은 여전히 눈물이 많으시네."

그렇게 말하는 주모도 눈물을 보였다.

일행은 주모에게 먹을 것을 부탁했다. 주모는 전쟁이 터져서 식량이 많이 부족하다고 했지만, 한 상 가득 음식을 내왔다. 시래기 된장국에 밥을 만 국밥과 백김치, 배춧잎에 달걀 물을 입힌 배추전을 내줬다. 탁주까지 주었으니 사람들이 먹을 쌀도 별로 없는 시기에 정말 정성스레 대접해준 것이었다. 갑진과 갑생은 나온 음식을 정신없이 먹었다. 종부는 자신의 음식을 갑진과 갑생에게 나눠주었다. 셋 옆에 걸터앉은 주모는 그들이 떠날 때는 보이지 않았던 갑생을 요리조리 살폈다.

"이 애는 누굽니까?"

종부는 간소하게 갑생과 만난 경위를 이야기해주었다. 주모는 갑생을 안타깝게 쳐다보더니 다시 주막 안으로 들어가서 자잘한 먹을 것을 챙겨주었다.

주막은 은골을 오가는 사람들이 거쳐 가는 곳이었기에 주모는 은골에 살지 않으면서도 그곳의 소식을 잘 알았다. 종부와 갑진이 떠난 후 은골에는 별다른 일은 생기지 않았다고 했다. 피난민들이 은골에 있는 친척이나 친구들에게 의탁하러 오가거나 관리들이 군량을 구하러 드나드는 정도였다. 왜병들은 내륙에 고립된 은골에 관심을 두지 않았다. 그 덕에 종부와 갑진의 고향은 전쟁의 참사에서 한 발짝 빗겨날 수 있었다.

"그런데 가신 일은 잘 되었습니까?"

주모가 조심스레 물었다. 주모는 종부와 갑진이 진주로 간 이유가 마을 사람들의 시신을 수습하기 위함임을 잘 알았다. 종부는 쓸쓸한 표정으로 유골이 든 상자를 쓰다듬었다.

"아이고, 아이고…."

작은 고을이었기에 죽은 이들과 알고 지내던 주모는 상자를 조심스럽게 쓰다듬으며 흐느꼈다.

주모가 내온 음식으로 배를 채운 일행은 주막의 방 하나를 통째로 빌렸다. 오랜 여행으로 지친 갑진과 갑생은 초저녁부터 잠들었다. 종부와 주모는 주막의 마루에 앉아서 두런두런 이야기를 나눴다. 전쟁이 나서 은골로 가는 장사꾼이 뚝 끊겼다는 주모의 하소연은 반대로 이 땅의 평화로움을 암시하는 것도 같았다. 종부는 바깥의 상황을 차분히 설명해주었다. 왜병의 침략이 극심했던 경기도와 경상도에는 먹을 것이 없어 시신을 먹는 이가 있다는 소문이 돌았다. 종부는 그런 소문 말고도 직접 본 왜병의 잔혹함이나 피난민들의 비참한 상황을 얘기해주었다. 그 이야기에 주모의 얼굴이 창백해졌다.

"내 일은 아무것도 아니었구려."

밤이 되자 주모도 방으로 들어갔다. 종부는 주모가 내준 차를 마시며 마루에 앉아 있었다. 겨울의 밤은 맑고 시렸다. 그 맑은 하늘은 종부가 이 시대를 사랑하는 이유 중 하나였다. 종부는 곁에 둔 상자의 테두리를 쓰다듬으며 어린 주선의 손을 잡던 순간을 떠올렸다. 주선을 마지막으로 봤던 순간도. 배를 타고 강을 건너던 열 명의 장정 중에 주선이 있었다. 종부와 갑진, 하진 그리고 아이를 밴 며느리 하영이 둑에 올라 그 모습을 바라봤다. 한해가 지난 후 그들이 죽었다는 소식을 들었다. 그 소식에 며느리가 혼절했다. 정신을 차린 하영은 자신이 진주에 가서 남편의 시신을 찾겠다고 악을 썼다.

"그러면 그이를 거기에 그렇게 놔두고 저만 편히 살란 말입니까? 저는 그렇게 못 삽니다."

소리치는 며느리의 눈에는 눈물이 그렁그렁 맺혀 있었고 몸은 사시나무처럼 떨렸다.

종부는 자신이 가겠다고 했다. 온 나라가 전쟁터가 되었는데 여인 혼자 위험한 곳에 보낼 수는 없었다. 모든 준비를 마치고 길을 나서는 종부 쪽으로 갑진이 뛰어왔다. 등에는 큰 등짐을 지고 있었다. 자기도 같이 가고 싶다고 말했다. 종부가 마을로 돌아가라고 했지만, 갑진은 요지부동이었다.

"아들 된 도리로서 어찌 아버님을 혼자 사지로 보낸단 말입니까."

갑진이 말했다. 종부의 자식들은 한배에서 나온 것도 아니면서 하나같이 고집이 셌다. 종부는 그런 아이들의 고집에 선선히 져주고는 했다. 그때도 그랬다. 종부와 갑진이 배를 타고 강을 건너는 모습을 하영과 하진이 지켜봤다. 한 해 전에 주선이 떠났던 길을 종부와 갑진이 걷게 되었다.

아이들의 고집에 져주던 것. 그것이 문제였을까? 종부는 때때로 자신이 더 강하게 말했다면 주선이 가지 않았을지도 모른다고 생각했다. 친구 박종수는 그렇게 했었다. 박종수의 아들 홍인이 의병을 일으키겠다는 말을 했을 때, 박종수는 아들이 어디에 가지 못하게 광에 가두었다. 그러나 홍인이 고집을 꺾지 않았다. 오히려 곡기를 끊고 굶기 시작했다. 그 고집에 박종수가 항복했다. 박종수는 아들에게 제발 몸만 멀쩡히 돌아오라고 당부했지만 홍인은 그 당부를 지키지 못했다.

종부 역시 박종수처럼 주선에게 가지 말라고 했다. 종부는 오래전에 주선의 운명에 대해서 알고 있었다. 종부의 데이터베이스 속에는 주선이 진주에서 죽는다는 것도 기록되어 있었다. 그러나 일어날 일이라고 해서 종부의 마음이 주선이 진주에 가기를 허락할 수는 없었다. 종부가 그런 식으로 무엇인가를 부탁하기는 그때가 처음이었다. 종부도 주선도 그 사실을 잘 알았다. 주선은 종부의 말을 듣고 아무 대답도 하지 않았다. 한참을 말이 없던 주선은 이내 눈물을 흘리기 시작했다.

"알고 있습니다, 제가 가지 않아도 상관없다는 걸요. 하지만 제 마음이 허락하지 않습니다. 저 밖에 전쟁으로 고통스러워하는 사람들이 있는데, 저는 그 사람들을 도울 수 있는데, 여기에서 편하게 지낸다는 것이 죄를 짓는 것만 같습니다."

주선이 말했다. 종부는 아들을 보낼 수밖에 없다는 것을 이내 깨달았다. 그러나 운명에 순응한 것은 아니었다. 주선의 고집에 진 것이었다. 종부가 주선을 그렇게 가르쳤다. 다친 자를 보면 마음 아파하는 이로, 고통을 당하는 사람이 있으면 먼저 가서 치료하게 하는 이로 키웠다. 종부는 그런 주선의 모습이 야속하면서도 자랑스러웠다. 어느새 종부도 그런 마음을 품을 수 있게 되었다.

유일하게 마을로 돌아온 장정이 전쟁터를 다니며 주선이 어떻게 지냈는지를 가르쳐주었다. 주선은 전쟁터에서도 부상자를 치료하기 위해서 자신의 몸이 상하는 걸 걱정하지 않았다. 그의 환자들도 주선의 모습에 깊은 감명을 받고는 했다고 장정은 말했다. 주선은 종부가 가르친 대로 행했다. 그렇기에 진주까지 갔고, 거기에서 죽었다.

＊

진주로 떠나기 전날에 종부를 집으로 부른 박종수는 나라에 떠도는 소식을 들려주고 필요한 물건을 챙겨주었다. 그리고 전날 밤 꿈에 아들 홍인이 나타났다고, 깨끗한 옷을 입고 말간 얼굴로 자신을 쳐다보고 있었다고 말했다. 박종수는 전쟁터에서 죽은 아들이 말끔한 옷차림으로 자신 앞에 나타나 깜짝 놀랐지만 동시에 기뻤다며, 아이처럼 홍인에게 뛰어갔다고 덧붙였다.

"홍인이 뭐라고 말했습니까?"

종부가 물었다.

"그 녀석이 자기를 키워줘서 고맙다고 하더군. 그리고 고향으로 돌아가지 못해서 죄송하다고 했다네."

홍인은 박종수에게 설을 했다. 그는 영문도 모른 채 아들의 절을 받으며 이 아이가 왜 그럴까 생각하다가 마침내 홍인이 죽었다는 걸 깨달았다고 했다.

이야기를 들려주는 박종수의 손이 떨렸다. 종부는 박종수의 얼굴을 올려다봤다. 종부가 조선에 온 지도 10년이 넘었다. 그 시간 동안 박종수의 얼굴에는 고랑 같은 주름이 생겼고 머리와 수염도 점점 하얘졌다. 종부는 그도 늙고 병들어 끝내 죽을 것이라는 걸 예감했다. 종부가 사랑한 모든 이들은 결국 떠나리라. 미래의 인간들에게 불멸의 능력을 부여받은 종부는 언제나 그들의 뒤에 남게 될 것이었다.

종부는 꿈과 눈물에 대해서 생각했다. 지금 종부가 가지고 싶은 건 오직 그 두 가지가 다였다. 미래의 인간들은 인간의 감정을 이해시키기 위해서라며 고통을 주었으면서도 눈물은 주지 않았다. 그 때문에 종부는 아들을 잃고

서도 비극 옆에 말없이 서 있는 방관자가 되어야 했다.

종부는 꿈을 가지고 싶었다. 가장 어둡고 외로운 밤, 주선이 그리울 때마다 꿈에서나마 현실을 잊고 아들을 만나고 싶었다.

종부는 눈물을 가지고 싶었다. 자신에게 눈물이 찾아온다면 종부는 그 눈물을 귀한 손님으로 대접할 것이다. 눈물을 안아주고 쓰다듬어주다가 흘러내린 눈물이 모여 샘이 된다면 그곳에 빠져 익사하고 싶었다. 오직 그것만이 종부가 원하는 자신의 최후였다.

종부는 죽어서도 주선을 만날 수 없을 것이다. 인간이 죽은 뒤에 갈 세상은 로봇인 자신이 갈 수 없는 곳이니까. 다만 종부의 기억력은 5백 년의 세월도 버틸 정도로 튼튼하니, 기억할 수 있을 뿐이었다. 종부는 주선에 대해서 생각하고 생각했다.

떠오르고 가라앉으며 거품처럼 피어오르고 터져버리는 생각들이 종부를 하나의 깨달음으로 이끌었다. 종부가 기억하기를 멈추지 않는다면 주선은 영원히 그의 기억 속에서 살아있을 거라는 깨달음이었다.

종부는 자신이 이곳에 와서 얻은 것들을 헤아렸다. 그 무수한 기억들과, 그 기억들이 만든 자신의 영혼에 대해서. 떠오르는 해가 세계의 풍경을 완전히 변화시키듯이 새겨지고 새겨진 기억들이 그를 완전히 다른 존재로 변화시켰다.

그는 미래로 돌아가지 않을 것이었다. 미래에서 그가 얻은 것들은 데이터의 집합에 지나지 않았다. 그는 자신이 얻은 것을, 자신의 영혼을 그런 식으로 취급받게 만들지 않을 것이다. 종부를 아버지라고 부른 아이들이 선물해준 영혼을 그는 결코 미래의 인간들에게 넘겨주지 않을 것이었다.

＊

동이 트며 수탉이 우는 소리에 갑진과 갑생이 깨어났다. 주모는 그들을 위해서 씻을 물을 데워주었다.

"이제 집에 가는데 그렇게 꾀죄죄한 꼴로 갈 거요?"

그 말에 셋은 따뜻한 물로 꼼꼼히 세수하고 머리를 감았다. 주모가 챙겨주는 음식을 먹은 뒤 일행은 은골로 향했다. 주모는 주막 밖까지 나와서 손을 흔들며 그들을 배웅했다. 갑진이 고맙소! 하고 마주 인사했다.

은골까지는 한나절이 걸렸다. 지치지 않는 종부야 그렇다 치더라도 오랜 여행으로 피곤할 갑진의 발걸음 역시 가벼웠다. 고향이 가까워지니 마음이 들뜬 모양이었다. 갑생은 종부의 품에 안겨 있었다. 겨울이었기에 숨을 쉴 때마다 하얀 김이 나왔는데 갑생은 그게 신기한지 연신 숨을 토해냈다.

은강에 도달하기 전에 눈이 내리기 시작했다. 종부와 갑진은 눈발이 강해질 걸 걱정했으나 은강에 도착할 때까지 그다지 거세지지는 않았다.

마침내 도착한 은강은 꽁꽁 얼어붙어 있었다. 그 위로 눈이 내려앉아 강의 이름처럼 환한 은빛으로 빛났다. 평소에 강을 건너기 위해선 나루터에서 배를 타야 했으나, 나루터를 지키는 노인은 강이 얼어 일이 없다고 생각했는지 보이지 않았다. 노인이 몰던 배는 나루터에 묶여 있었다.

"그냥 걸어서 건너야 할 것 같습니다."

갑진이 말했다.

그들은 조심스럽게 얼음 위로 올라섰다. 혹시 얇게 얼었을까 걱정했는데 두껍게 언 얼음이 견고했다.

"이 강은 물살이 세서 아무리 추운 겨울에도 얼지 않고는 했는데, 살다 보니 별일이 다 있습니다."

"그 덕에 편하게 걸어서 강을 건너는군요."

종부와 갑진은 미끄러지지 않게 조심하며 강을 건넜다. 눈은 서서히 드문드문해지더니 이내 완전히 그쳤다. 흐린 구름 아래로 멀리 밥 짓는 연기가 올라오는 게 보였다.

"아버님, 저기 강둑에 누가 서 있습니다."

갑진의 말에 종부는 눈을 들어 강둑을 올려봤다. 가는

몸이 여인처럼 보였다. 여인도 강을 건너는 종부와 갑진을 보는 듯했다.

"아버님! 오라버니!"

강둑에 선 이가 외쳤다.

"하진입니다! 야! 오라버니가 왔다!"

하진이 강둑을 뛰어 내려오더니 얼어붙은 강을 달려 종부와 갑진 쪽으로 뛰어왔다. 뛰어오는 하진의 얼굴에서 무언가가 흩어져 내려 허공에서 별처럼 반짝거렸다. 하진은 울고 있었다. 종부는 문득 조용해진 갑진을 돌아봤다. 갑진은 손으로 얼굴을 가리고 있었다. 두꺼운 손가락 사이로 뜨거운 눈물이 새어 나오고 있었다. 종부의 품속에 있는 갑생은 상황이 잘 이해되지 않았는지 의아한 표정을 짓고 있었다. 그러다가 아이는 손가락을 들어 종부의 눈가로 가져갔다.

떼어진 아이의 손가락에는 한 방울의 물방울이 맺혀 있었다. 종부는 처음에 자신이 운 것인가 생각했다. 그러다가 허공에 흩날리는 눈송이들을 보았다. 물방울은 아마 저 눈송이가 녹은 물일 것이었다.

그러나 지금은 그것이 자신의 눈물이든 눈 녹은 물이든 아무것도 중요하지 않았다. 그가 로봇이라는 것도, 미래에서 왔다는 것도, 영원히 혼자 남게 될 거라는 것도. 그는 지금 막 고향으로 돌아왔고 그리운 가족들과 재회했다.

그의 마음속에서 찬란하게 빛나는 기쁨이 폭죽처럼 터져 나갔다. 그런 기쁨 속에서도 한구석엔 어두운 점이 찍힌 것 같은 아련한 기분이 남았다. 종부는 그것이 자신의 슬픔이라는 것을 깨달았다. 이 깨달음을 주선에게 얘기할 수 있었다면 좋았겠다고, 종부는 생각했다.

눈을 밟으며 달려오던 하진이 종부에게 닿았다. 아이가 뛰어온 자리마다 하얗고 깊은 발자국이 남았다. 그것이 마치 날아오른 새가 땅에 남기고 간 깃털처럼 보였다. 하진은 어미를 찾는 아기새처럼 종부의 품속으로 뛰어들었다. 곧 온 세상이 울음소리로 가득 찼다.

〈끝〉

먼저 SF에 익숙한 독자들이라면 이 소설을 읽으며 묘한 위화감을 느낄 것 같다는 생각이 든다. 이 소설의 제목은 《조선 사이보그전》인데 사실 사이보그라는 용어의 정의는 인체에 기계가 결합된 형태를 가리킨다. 이 소설의 주인공인 종부는 정확히 말하자면 안드로이드로 사이보그가 아니다. 그렇다면 이 소설의 제목은 《조선 로봇전》이나 《조선 안드로이드전》이 되어야 했으나 두 제목은 입에 달라붙지도 않았고, 마음에 들지도 않았다. 그렇기에 부정확하기는 하나 《조선 사이보그전》으로 제목을 정하게 되었다. 용어를 정확하게 사용해야 하지 않나. 라고 생각하는 독자가 있다면 작가의 말을 빌려서 사과를 드린다.

가끔 어떻게 이 소설을 쓰게 되었나 라는 질문을 받을 때가 있다. 이전에 인터뷰나 사적인 자리에서 여러 번 밝힌 내용인데, 어머니와 함께 자동차를 타고 가는 도중에 문득 한복을 입은 로봇의 이미지가 떠올랐다. 나는 그 순간 무릎을 탁! 치며 이건 꽤 괜찮은 소재인걸! 하고 스스로에게 감탄했고 이 기막힌 소재에 대해서 어머니에게 조잘조잘 떠들어냈다. 어머니는 떨떠름한 표정을 지으며 "으음… 그 거참 재미있겠다." 하고 말씀하실 뿐이었다.

그 로봇은 미래 세계에서 한복을 입은 로봇갱이 될 수도 있었고, 경복궁에서 관광객을 안내하는 로봇이 될 수도 있었다. 그러나 그 로봇은 조선 시대에 가게 되었다. 그것은 그 당시 내가 황정은 작가의 《연년세세》라는 소설을 읽고 있었기 때문이었다. 나는 막연하게 로봇을 중심으로 한 일종의 가족소설을 써보고 싶었다. 그러기 위해서는 SF의 주 배경이 되는 근미래나 먼 미래가 배경이 되어서는 안 되었다. 고도로 발달한 로봇이 존재하는 세계에선 로봇과 인간이 맺는 관계에 일종의 정형성이 생길 수밖에 없었다. 그 세계에서 로봇과 가족을 이루는 것은 특수한 일이 될 수밖에 없었다. 나는 그런 정형성이 없어지는 공간을 찾았다. 인간들이 로봇을 구별할 수 없어서 그를 인간으로 여기는 곳. 이를테면 조선 같은 곳 말이다. 그렇게 한복을 입은 로봇, 종부는 조선에 가게 되었다.

이 소설을 쓰면서 말하고자 했던 것이 있다면 그것은 '인간에게 영혼이 있다면 사회적 맥락 속에서 정의된다.'는 말이다. 말은 거창하지만 쉽게 말해서 인간은 살아가는 사회의 영향을 받을 수밖에 없다는 뜻이다. 그것은 단순히 인간을 넘어서 동물이나 먼 미래에 등장할 로봇에게도 똑같이 통용될 이야기라고 생각한다. 한 존재가 사회의 인정을 받는다는 것은 아주 중요한 일이며, 그러한 인정은 그 존재의 운명을 결정짓기도 한다. 그렇기에 차별은 악일 수밖에 없다.

올해는 이 소설을 계속해서 수정하고 다시 써왔다. 수많은 문장과 단어를 지우고 다시 쓰면서 봄과 여름이 통과하고 가을이 왔다. 그리고 믿을 수 없는 사건이 일어난 것에 아연해했다. 슬픔을, 눈물에 익사해 죽고 싶은 마음에 대해서 생각했다. 슬픔의 반복과 살아 있는 일의 죄스러움에 대해서도 생각했다. 내가 할 수 있는 일이라곤 이렇게 글을 쓰는 일뿐인가 자조하면서도 마침표를 찍고, 문장을 고쳐나갔다. 할 수 있는 일이 무엇인가 생각하고 생각한다. 고인의 명복을 빈다.

이 책이 나오는 과정에서 많은 이들의 빚을 졌다. 미완성된 원고를 읽고 또 읽어주며 좋은 충고를 아끼지 않은 친구들과 동료작가들에게 감사드린다. 아이돌 그룹 '록시'의 이름을 빌려준 친구 K에게 감사한다. (아이돌 그룹명을 짓는 건 생각보다 더 어려운 일이었다.) 작가가 되겠다는 아들을 걱정하기보다는 격려해주고 지지해주는 부모님과 가족 친구들에게 감사드린다.

2022년 겨울
유진상

조선사이보그전

초판 1쇄 발행   2022년 12월 25일

지은이   유진상
펴낸이   박은주
편집   강연희
일러스트   최재훈
디자인   김선예, 장혜지
마케팅   박동준

발행처   (주)아작
등록   2015년 9월 9일(제2021-000132호)
주소   04050 서울특별시 마포구 양화로 156
               LG팰리스빌딩 1428호
전화   02.324.3945-6   **팩스** 02.324.3947
이메일   arzaklivres@gmail.com
홈페이지   www.arzak.co.kr

ISBN   979-11-6668-709-9 03810